EUROPAVERLAG

NOÉMI KISS
BALATON

Novellen

Aus dem Ungarischen von Eva Zador

EUROPAVERLAG

*Es war einmal vor langer, langer Zeit, als hier noch keine Ungarn lebten,
oder vor noch längerer Zeit, da wohnten im Bakony-Gebirge zwei
Riesenfamilien. Eines Tages gerieten die Familienoberhäupter in Streit.
Die Frauen versuchten, sie voneinander zu trennen, doch als die
Männer nach den Knüppeln griffen, da erschraken sie sich so sehr,
dass sie an den Rand des Bakony-Waldes flohen.
Voller Schmerz begannen sie zu weinen.
Aus ihren Tränen entstand eine große Pfütze.
Und aus dieser Pfütze wurde ein See.*

Die Originalausgabe ist 2020 unter dem Titel
Balaton: novellák im Magvető Verlag, Budapest, erschienen.

© 2020 Noémi Kiss
© der deutschsprachigen Ausgabe:
2021 Europa Verlag in Europa Verlage GmbH, München
Umschlaggestaltung und Motiv: Hauptmann & Kompanie
Werbeagentur, Zürich, unter Verwendung eines Bildes von
© Fortepan/Tamás Urbán, 1975
Lektorat: Palma Müller-Scherf, Berlin
Layout und Satz: Robert Gigler, München
Druck und Bindung: Pustet, Regensburg
ISBN 978-3-95890-363-0
www.europa-verlag.com

INHALT

HONECKERLATSCHEN

Mit der DDR verschwand auch der Balaton. Das Augustgewitter blies den Geruch des heißen Langosch von unserem Strand fort. Die Wolken hockten wie ausgefranste, weiße Papierservietten über dem wogenden Wasser. Alles war wild und so verdammt vergänglich. Als das Donnern vorbei war, hörte es auch auf zu regnen. Meine Eltern und ich gingen über die Gleise und ließen die Schranke am Balaton hinter uns. Wir zogen uns in die Deckung, in die Stadt zurück. Wen interessierte schon der kalte See am Sommerende, der Augenblick, in dem der Balaton grau wurde und der heulende Wind die Kiesel am Ufer in alle Himmelsrichtungen trieb.

Das Ufer war menschenleer. Niemand lag auf seiner zerschlissenen Decke unter der Trauerweide, mit Sonnenbrand und sich am Rücken schälender Haut. Der Liegestuhl aus Kunststoff war leer, das Eisenrohr am Steg eiskalt. Verschwunden waren die auf dem Rasen aufgespannten Leinenzelte, in den Reifenspuren der Wohnwagen sammelte sich der Schlamm. Ein Paar gelbe Badelatschen lagen am Strandzugang. Ich ahnte, wer sie dort zurückgelassen hatte. Der Balaton meiner Fantasie zog für den Winter in unser Kinderzimmer ein, und wir konnten es kaum erwarten, dass es wieder Sommer wurde. Ich mochte den See nicht nur, weil wir dort badeten, uns im Schlamm suhlten und Köderfische fingen, sondern auch, weil ich endlich deutsche Mädchen treffen konnte. Das deutsche Mädchen kam mit einem Wartburg oder Trabi, seine Eltern schauten Fußball, und sie aßen Unmengen an Melonen. Auf ihren Dachgepäckträger waren fünf Kilo Kartoffeln geschnallt, immer und überall hatten sie belegte Brote dabei, sogar für die Toilette waren ihnen die paar Forint zu schade, die sie für ihre Mark bekommen hatten. Die Ostdeutschen fuhren frühmorgens zum Pullovermarkt nach Kiliti, wohin uns keine zehn Pferde brachten.

Im Laufe der Achtzigerjahre wurden es immer mehr, in Massen belagerten sie die Ferienhäuser und die Datschen. Sie wohnten in Schuppen, übernachteten im Schlafsack auf dem Steg oder erjammerten sich ein Zimmer in einem Ferienheim der Gewerkschaft. Sie lagen auf karierten Wolldecken, ihre geklebte, rissige Luftmatratze – von der wir stundenlang ins Wasser sprangen – leuchtete von Weitem. Ständig hatte sie ein Loch, dann flickten wir sie, doch schon kam ein neues zum Vorschein. Wir wetzten sie vollkommen durch. Sie schwammen in Trainingshosen, in Turnhemden und Turnhosen, weil sie einen Sonnenbrand hatten, meine Mutter schmierte ihnen den Rücken mit saurer Sahne ein. Ein anderes Mal nackt, weil sich die deutschen Mädchen – im Gegensatz zu uns – überall auszogen. Sie schämten sich nicht, verstanden auch gar nicht, warum wir im Sommer so viel Kleidung trugen. Stundenlang saßen sie ohne Bikini auf einem Ast oder spuckten am Fuße eines Baumes Melonenkerne aus. Sie waren fremd, sonderbar, manchmal auch beängstigend, dennoch bewirtete sie jeder gern. Mein Vater erklärte immer, dies sei wegen des Kriegs so, wovon ich zwar kein Wort verstand, aber ich hörte ihm gern zu.

Die Ostdeutschen aßen im letzten Jahr schon kein Fleisch mehr, auch Brot kaum. Sie sagten, wenn der Herbst da wäre, würden sie nach Wien flüchten. Dieses Herumalbern, das bei uns des Sommers im Garten ablief, oder das Abpulen der Blutegel im Uferschlamm, das reichte ihnen nicht. Für sie war die westliche Welt die Freiheit, und die Freiheit lebte dort, jenseits des Eisernen Vorhangs. Sie sparten die ganzen Ferien hindurch. Sie wurden klapperdürr, damit sie auf die andere Seite des Stacheldrahts gelangen konnten.

Das Radio meiner Mutter weckte uns laut. Es ist der 11. September 1989, morgens sechs Uhr. Kakao und Hefezopf mit Margarine. Ich muss los in die Schule, liege aber nicht allein unter der Decke. Neben mir Heidi, meine sommersprossige Freundin aus Jena, die ich vom Balaton kenne. Heute will ihre Familie versuchen, über die Grenze zu fliehen. Reglos, mit geschlossenen Augen bleiben wir liegen. Die Stimme meiner Mutter empfinden wir als schrecklich störend. Heidi flüstert mir zu, sie werde ganz sicher nirgendwohin gehen. Lieber springe sie aus dem Fenster. Sie zittert. Wie feige, denke ich, aber insgeheim freue ich mich auch, dass sie neben mir im Bett bleibt. Heidi raunt mir ins Ohr, sie gehe zurück an den Strand, in ihren Wohnwagen, dort wolle sie leben, sie könnte ja Gärtnerin auf dem Campingplatz werden. Mach die Augen zu, sage ich zu ihr. Wir ziehen uns die Decke über den Kopf. Ich drücke sie an mich, wir bauen uns eine eigene Höhle. Und schon sitzen wir im Wohnwagen, draußen brennt die Sonne, auf dem Campingtisch kleben wir die Sticker unserer Lieblingsbands in die Zeitschrift. Zu Abend gibt es Himbeersirup und Kirschlutscher. Heidi beginnt zu summen und wackelt mit dem Hintern hin und her. Ihr Zittern ist vorbei. Sie singt immer lauter, ihre Stimme ist sehr schön. Nur, dass meine Mutter schon wieder schreit.

Los, eins, zwei, drei, Zähne putzen! Am Nachmittag habe ich Training, ob meine Sportsachen eingepackt seien: weiße Socken, Schienbeinschoner, Wechselschuhe, Laufhose. Wenn ich mich bewegen wollte, dann höchstens, um Heidis Flucht zu verhindern. Ich hasse es, zweimal am Tag zum Training zu müssen. Ungarisch, Chemie und Mathe hasse ich auch, allein Physik mag ich, weil der Lehrer ein schöner Mann ist, mit roten Haaren und muskulös. Die

Schule ist ein Gefängnis. Nicht die DDR ist das Gefängnis, sondern Kind zu sein, sagt Heidi, und wir lachen. Wien hasse ich einfach, weil es mir die Freundin nehmen will. Wie beschissen muss der Westen doch sein, von dem Heidis Eltern so schwärmen, es reicht, sie nur anzusehen, und schon vergeht mir die Lust auf den Hefezopf. Ihr Vater schwitzt immerzu, redet nie ein Wort mit mir. Ihre Mutter sieht aus wie ein Frosch, ihr Körper bläht sich manchmal so sehr auf, dass sie Medikamente nehmen muss.

Die Familie von Heidi Müller hatte in jenem Sommer ihren gesamten Hausrat zu uns gebracht. In ihrem Auto und dem winzigen Wohnanhänger hatte alles Platz gefunden. Sie parkten vor unserem Haus in der Gépmadár-, der Blechvogel-Straße. Damals wohnten wir am Örs-vezér-Platz. Nur ihre Koffer hatten sie in den achten Stock hochgebracht, wir trugen sie in die Loggia, wo sie an einem Abend vom Regen klatschnass wurden. Tagelang wohnten wir zusammen. Sie fuhren jeden Tag in den Bezirk Zugliget, wo sie als Kopfration vom Malteser Hilfsdienst umsonst Suppe mit Grießknödeln bekamen. Meine Mutter arbeitete den ganzen Tag in der Schule, sie hatte keine Zeit, sie zu bekochen. Heidi ist übrigens in den Abendnachrichten im Fernsehen gewesen, erzählte mein Vater. Uns zwei interessierte die Begeisterung meiner Eltern jedoch kein bisschen, wir schlossen uns in meinem Zimmer ein und hörten unter der Bettdecke Musik, das war die schönste Septemberwoche meines Lebens.

Die Straßen von Buda und Pest waren im Herbst 1989 monatelang voller parkender Dacias, Trabis, Wartburgs und Ladas mit dem Aufkleber DDR. Sie durften überall stehen bleiben. Sie füllten die Straßen des Arbeiterviertels Kőbánya, benannt nach den einstigen Steinbrüchen hier, den Stefánia-Weg, die Strecke entlang der Straßenbahnlinie 13, sogar im Wäldchen wohnten Ostdeutsche. Wochenlang warteten sie, damit jemand in der Botschaft der Bundesrepublik sagte, man würde die Grenze öffnen und sie bekämen eine Ausreisegenehmigung. Es gab Innenhöfe, wo vollgepackte Koffer über Monate warteten. Zusammengerollte Teppiche, Kinderräder und Töpfe standen in den Treppenhäusern der Plattenbausiedlungen herum. Verlassene Zelte, Haushaltsgeräte. Hochstühle, Decken, Windelpackungen, na und die Pantoffeln. Ein besonderes Merkmal der Ostdeutschen waren diese Holzpantoffeln mit der massiven Sohle. Honeckerlatschen nannten sie meine Eltern. Sie steckten ihre Füße unter einen Lederriemen mit Schnalle, wodurch sich ihr Gang vollkommen veränderte. Wenn die Latschen zu klein waren, störte sie das nicht sonderlich, mit den Zehenspitzen schleiften sie über den Boden, und ihre Fersen hingen auf den Gehweg. Sie liefen, rannten keuchend in ihren Latschen zum Eisernen Vorhang, um bei Hegyeshalom oder am Neusiedler See ins Burgenland zu fliehen. Als ich in der achten Klasse war, bekam ich zu Weihnachten auch ein Paar Honeckerlatschen. Das wurden meine Wechselschuhe. Ich war die

Erste in der Klasse, die etwas Deutsches hatte. Beliebt machte mich das nicht. Ein Paar federleichte Adidas-Schuhe wäre viel besser gewesen, aber die hatte nur einer, und das auch nicht bei uns, sondern in der 7 B. In der großen Pause gingen wir sie anschauen. Tamás Nagy nahm Geld dafür; wenn wir ihm einen Fünfer gaben, durften wir sie anprobieren. Mit Schaumstoff gefüttert, dickerem Absatz, bis zu den Knöcheln reichend, durch die Löcher konnte man zwei Schnürsenkel auf einmal fädeln. Seitlich leuchteten die drei Streifen in Neongrün. Wenn ich jemandem mit den DDR-Latschen auf die Füße trat, dann tat das höllisch weh, ich liebte es, mit meinen Schritten Angst und Schrecken zu verbreiten.

Mein Vater kochte auf kleiner Flamme Kesselgulasch. Der Rauch verschwand zwischen den Blättern der Pappeln, wir saßen im Garten unserer Datsche auf Holzstümpfen. Er würzte mit viel Paprika, denn so hatten es die Deutschen bestellt. Aber sie mussten es gar nicht sagen, er wusste auch so, was die Deutschen haben wollten. Früher hatte er in Jena als RGW-Austauscharbeiter gearbeitet.

Westdeutsche und Ostdeutsche. Sie versammelten sich auf der Terrasse um den großen Tisch. Schlugen nach den Mücken, die Fliegen belagerten das Fleisch. Manchmal kamen ihnen vor Lachen die Tränen, aber wirklich ausgelassen lachten sie nur selten. Die Ostdeutschen sind so angespannt, so steif, als hätten sie einen Stock verschluckt, sagte mein Vater. Ja, sie waren angespannt, manchmal zitterten sie auch, taten aber so, als wäre das egal. Hin und wieder legten sie all das völlig ab, wer konnte da schon schlau aus ihnen werden. Am Balaton wurden sie zu anderen Menschen, sagte man, sie waren wie ausgewechselt. Sie tauten auf, lachten laut. Waren aufgeschlossen. Ständig riefen sie mich zum Spielen: Kommahea, Kommahea! Die deutschen Mädchen waren die ersten Ausländer, mit denen ich als Kind spielte, bis dahin hatte ich keine Ahnung, dass Fremde überhaupt existierten.

Am Abend kamen die Deutschen zu uns zu Besuch. Sie brachten eine Flasche Bier mit. Auch Westdeutsche kamen, mit mehreren Kisten Dosenbier, Schweizer Schokolade und der *Bravo*. Trotzdem wurden nicht sie unsere Freunde, wir spielten eher mit den Ein-Bier-Deutschen. Eigentlich nutzten wir die Wessis aus, wir brauchten sie nur wegen der Geschenke. Mochten sie wegen der Fa-Seife, dem Donald-Kaugummi, der Lindt-Schokolade und der Dosen-Fanta. Warum hätte Heidi schon auswandern wollen, wenn es für uns kein besseres Leben hätte geben können, als uns am Balaton im Schlamm zu suhlen und die Ringelnattern im Schilf zu zählen, die Blutegel zu zertrampeln und einer schwanzlosen Eidechse den Bauch aufzuschlitzen.

»Die ungarische Regierung hat am Morgen des 10. September trotz des Protests der DDR vorübergehend die Ausreise von mehr als sechstausend DDR-Bürgern genehmigt. Damit hat sie einseitig die Punkte des ungarisch-deutschen Abkommens in Bezug auf den Grenzübertritt außer Kraft gesetzt. Bis Anfang Oktober, in nur fast einem Monat, ist es mehr als fünfunddreißigtausend ostdeutschen Staatsbürgern gelungen, in die Bundesrepublik Deutschland auszureisen. Die letzten Flüchtlinge verließen das Lager im Budapester Bezirk Zugliget am 14. November 1989. Die Grenzöffnung wurde zu einem Meilenstein des osteuropäischen Systemwandels und des deutschen Wiedervereinigungsprozesses.«

Mit geschlossenen Augen lagen wir im Bett und lauschten. Dem rhythmischen Singen meiner Mutter, ihren Drohungen. Immer wieder rief sie nach uns. Heidi umarmte mich, ich erinnere mich, wie wehmütig sie sagte, wie viel lieber sie mit mir in die Disco käme, die meine Freundinnen aus dem Sportverein und ich zum Schuljahresanfang in einer Garage in Kőbánya organisieren wollten. Meine Mutter polterte gegen die Tür meines Zimmers, also krochen wir schließlich aus dem Bett und gingen uns die Zähne putzen.

Heidi und ihre Familie haben sich nur in einem Pullover zu Fuß auf den Weg nach Wien gemacht, erzählte mein Vater den Nachbarn. In Wahrheit trug Heidi eine Jeans, stonewashed, und ein T-Shirt.

Gemeinsam verließen wir den achten Stock in der Blechvogel-Straße. Wir begleiteten Heidi und ihre Eltern zum Örs-vezér-Platz. Am Abend zuvor hatten sie ihren

Wohnwagen unweit vom sogenannten Pilz, dem Fahrkartenschalter der öffentlichen Verkehrswerke, an der Endstation der S-Bahn geparkt, nur dort war noch ein Platz frei gewesen. Ihre ganzen Sachen waren noch da. Sie sollten etwa ein Jahr später wiederkommen, um sie zu holen. Heidi sah ich das letzte Mal, als sie mich an jenem warmen, gelb schimmernden Septembermorgen beim Schalter-Pilz umarmte. Ihre blonde, kräftige Mutter riss sie mir nervös aus den Armen. Komm, wir müssen los! Heidi kehrte mir den Rücken zu, ich sah, wie ihr die Tränen in die Augen stiegen. Sie hatte nicht die geringste Lust auszuwandern. Sie hatte zu nichts Lust, was die Eltern ihr aufzwangen. Sie brüllten sie an, verpassten ihr sogar eine Ohrfeige. Heidi verstummte, wie ein Roboter, so schritt sie in ihren Latschen voran und drehte sich nicht mehr um.

Sie sind in einem Lager gelandet, das war alles, was meine Mutter an Weihnachten erzählte, aus Tirol hatten sie uns die letzte Nachricht geschickt. Sie wünschten uns frohe Weihnachten, baten uns, auf ihre in Budapest zurückgelassenen Töpfe aufzupassen und auf ihre Campingausrüstung, die könnten sie noch gebrauchen, denn im Westen hätte man viel mehr Urlaubstage. Wenn wir wüssten, was für wundervolle Seen, Berge und Häuser da auf uns warteten, dann würden wir keinen Augenblick länger im Ostblock bleiben. Schade, dass wir nicht über die Grenze kommen könnten.

Heidis Unterschrift fehlte auf der Postkarte. So eine Enttäuschung. Ich drehte und wendete sie, suchte ihren Namen, forschte nach einem Zeichen, vergebens. Seitdem habe ich ihren Namen auch nicht gegoogelt. Einmal werde ich vielleicht Lust dazu haben und versuchen, sie aufzuspüren. Jetzt habe ich keine. Heidi soll so bleiben, zitternd, ängstlich, mit eingecremtem Rücken, wie ich sie das erste Mal beim Schilf am Strand gesehen habe. Mit einem cremeverschmierten Küchentuch auf dem Rücken. Nackt, ohne Höschen saß sie auf ihrer Luftmatratze in Siófok in der prallen Sonne und spielte Rommé.

TURNER

Im Ferienort gab es zwei enge, geschotterte Straßen. In der Szegfű-Straße wohnten im Sommer die Fußballer, in der Parallelstraße, der Bethlen-Gábor-Straße, die Schwimmerfamilien. Generationen, die im Wasser aufgewachsen waren. Wenn sie mit dem Sport aufhörten, wurden sie Trainer, besuchten die Universität, ohne eine Aufnahmeprüfung. Sportärzte, Zeitnehmer, Schiedsrichter.

Die Familienmitglieder des Olympiasiegers Novák verbrachten ihren Urlaub in dem Haus an der Ecke. Das Haus, mit Arkaden und Veranda, war knallgelb gestrichen, die drachengrünen Fensterläden öffneten sie nie, damit es drinnen auch bei größter Hitze kühl blieb. Ihr schattiges, längliches Grundstück war voller Tannenzapfen, überall klebte Harz. Die Badeanzüge hängten sie im hinteren Teil des Gartens am Pflaumenbaum auf. Sie hängten sie nach dem Schwimmen mit Wäscheklammern an die Leine, es blieben nur ein paar Stunden, damit sie bis zum nächsten Training trockneten. Neben dem Pflaumenbaum standen eine Holzbank und eine Truhe, in der wurden die Schwimmflossen und die Bojen aufbewahrt, die Pumpe und die Schwimmbrillen, die Decken und die zerschlissenen Bastmatten. Hier turnten sie manchmal im Schatten, Bauchpressen, Klimmzüge. Wenn es sich ergab und am Vorabend im Radio gutes Wetter vorausgesagt wurde, dann gingen sie am frühen Morgen durch den Wald zum Ufer hinunter. Sie schmierten sich mit Fett ein und schwammen nach Almádi hinüber, um dann mittags mit dem Schiff nach Siófok zurückzukommen. Den Fahrplan hatten sie sich ausgerechnet.

Zum Aufwärmen machten sie am Steg vierzig Liegestütze. Das seichte Wasser am Schilf war frühmorgens ziemlich kalt, fast eisig. Kalt, aber klar, nahezu durchsichtig. Man konnte gut sehen, wie die Aale an den Ufersteinen auf Jagd gingen, etwas tiefer die Zander. Es dämmerte noch. Die Sonne war rot, die Planken des Stegs feucht vom Dunst. Warm wurde es erst gegen elf. Dann bedeckten die Mückenlarven den See, und am Steg schäumte das Wasser. Bis dahin hatten sie schon vier Kilometer zurückgelegt, gekrault, der Vater und die beiden Novák-Schwestern. Dass sie hinausgeschwommen waren, wusste man, weil ihre zerschlissenen Bastmatten im Gras lagen, sie hatten Steine darauf geworfen, damit der Wind sie nicht davonblies, ihre Trainingsanzüge lagen beim Zugangssteg.

Wenn man den Goldstrand entlangspazierte, ganz bis zum FKK-Teil am Strand von Sóstó, sah man lauter mollige Körper auf Handtüchern und Luftmatratzen. Die Körperhaufen zeichneten Kugeln auf den seidigen Sandboden des Strandes. Wenn sie sich umdrehten, blieb auf ihren Rücken der Abdruck der Luftmatratze zurück. Geröstete Wangenbraten schnappten nach den nächsten Bissen. Hautsülzen wabbelten bei der kleinsten Bewegung. Vormittags legte sich häufig eine sonderbare Ruhe über den Strand, nur Essensgeräusche durchbrachen das leise Plätschern des wogenden Wassers. Das Auspacken und Rascheln der Plastiktüten, das Schlucken des schäumenden Biers, das Krachen der Melonenschalen. Später waren von weiter weg, vom Anglersteg her, die spitzen Schreie der Badenden zu hören. Als wollte der Großteil der Feriengäste sich seine störenden Gedanken mit Gewichtszunahme vertreiben. Auch ihre Fehler und Lügen verwandelten sich in fettiges Fleisch. In gebratene Hähnchenkeulen, mit Nuss gefüllte Palatschinken.

Gegrillt und gekocht der rohen Zeit entfliehen.

Wie die Mutlosigkeit des Meisters nach dem Wettkampf. Keiner feiert ihn mehr, der hymnische Augenblick der Siegerehrung ist vorbei. Es folgt die Zeit des Aufbautrainings. Beschimpfungen, Verrat, Druck. Die wortkarge und harte Trainingsarbeit. Schläge und Rangeleien wegen der Wettkämpfe, wegen der Ausreise. Wer ist es, der das Land wenigstens für ein paar Tage verlassen kann? Je mehr Zeit vergeht, desto schwerer ist es, wenn sich keine Ergebnisse zeigen. Wenn kein Sieg zu verzeichnen ist. Selbst dann, wenn einem eingeredet wird, später auch mal faul am Ufer des Balaton oder im Garten der eigenen Datsche herumliegen zu können. Dass man dafür hart arbeitet, bis zum letzten Atemzug für die Volksrepublik kämpft. Ohne Luft zu holen. Doch es werde alles gut, die wohlverdiente Zeit des Ausruhens komme. Man habe Rechte, Einkünfte und die Möglichkeit, auszubrechen.

Was blieb, war das reglose Herumliegen. Die Krise und die Stille der Ohnmacht. Die unterdrückte Anspannung, die zusammengebissenen Zähne. Der Rausch lebt im Fleisch, in der Haut. Zwischen den Speckfalten.

In der Szegfű-Straße wohnte ein Ersatzspieler der Goldenen Elf. Den grünen schmiedeeisernen Zaun zierten gelbe Blumen. Am Kirschbaum hingen zwei riesige Haken, daran hängte er die Aale. An den Stamm gelehnt stand der Fischgreifer, mit dem er den Aal am Kopf packte, um ihn dann mit einer einzigen Bewegung zu häuten. Er riss ihm die graue, schleimige Haut ab, warf das Fleisch in eine Schüssel, die Katzen leckten den Rest vom Boden auf. Seine Frau kochte im Kessel ein Aalgulasch, sie war Turnerin, zweifache Landesmeisterin am Schwebebalken. Wenn sie zu viele Aale gefangen hatten, gaben sie den Ostdeutschen welche ab, die sie dann genüsslich verspeisten. Seine Frau brachte sie zu den Nachbarn hinüber, wenn sie die Schüssel hochhob, blieb ihr die glitschige Haut am Arm kleben, glitzerte in der Sonne. Im Winter heizten sie mit dem Ölofen. Der Fußballer verbrachte seine Zeit als Rentner ausschließlich mit Angeln. Mehrere Hundert Meter vom Ufer entfernt hatte er einen Steg in den See gebaut. Schon bei leicht diesigem Wetter war er, rauchend und mit seinem breitkrempigen Hut dasitzend, unsichtbar. Er angelte ganze Tage und Nächte lang, sogar im November ruderte er noch auf den See hinaus und nahm dazu seine sechs Ruten mit. Der Nebel wallte, die Sonne zeigte sich erst gegen Mittag. Dieses unsichtbare Leben liebte er.

Der Nachbar des Fußballers, der die andere Hälfte des Doppelhauses bewohnte, war Masseur bei der Nationalelf, und der andere Nachbar, dessen Garten sich hinten an sein Grundstück anschloss, saß seit Jahren im Turnerbund und lehrte an der Sporthochschule. Er war ein Mann mit Einfluss. Machte sich wortwörtlich überall breit. Hinter seinem Rücken nannte man ihn nur Fettkloß, denn er war so dick, dass er in seinen letzten Jahren mit dem Rollstuhl ans Ufer hinuntergeschoben werden musste. Die Soldaten der Volksarmee hatten ihm einen eigenen Zugang zum See gebaut, von dort wurde er mit einem speziellen Kran ins Wasser gelassen. Seine Fußballer-Söhne und deren Frauen, mit grünen Augen und goldfarbenen Haaren, begleiteten ihn an den Strand. An ihrem Hals baumelten Silberketten. Sie wollten einander und der ganzen Welt gefallen. Fußballerfrauen haben eben Vorrechte. Eine Plattenbauwohnung in Buda, ein Auto ohne Wartezeit, sogar die Farbe durften sie sich aussuchen. Hotelurlaub in Balatonfüred mit Segelboot. Einkaufen für Valuta bei Konsumex. Äußerlich waren diese Ehefrauen alle gleich. Im Kattunkleid, im Bademantel oder im Minirock, im selben Bikini und in Flipflops stolzierten sie den Strand entlang und besprühten sich ihre enthaarten Achselhöhlen mit ausländischen Deos. Sie dufteten vor sich hin und saßen lange im seichten Wasser, um mit ihren Auslandsreisen anzugeben. Verbrachten ihre Urlaube in Jugoslawien. Ihre Haare aber machten sie sich nie nass.

Wie ein großer Strandball, dem man am Ufer einen ordentlichen Tritt versetzt hatte, rollte der Präsident des Turnerbundes auf der Wasseroberfläche. Vielleicht war er damals auch schon Mitglied des Internationalen Olympischen Komitees, keiner verstand, wie man es, ohne gehen oder sich überhaupt bewegen zu können, so weit bringen konnte. Ihm aber bereitete das keine Schwierigkeiten: Er schob den ganzen nationalen Sport regelrecht vor sich her und erfreute sich größter Beliebtheit, war oft im Fernsehen zu sehen, wo er sich ständig dazu äußern musste, was er von den zukünftigen Meistern hielt. Sein rosafarbenes, speckiges Gesicht füllte den ganzen Bildschirm. An seinem Arbeitsplatz fürchtete man sich vor ihm, weil er so brüllen konnte, dass schon einige weinend aus dem Gebäude des Turnerbundes gerannt waren. Der Ersatzspieler der Goldenen Elf hatte für ihn arrangiert, dass einer seiner Söhne in

Tatabánya Stammspieler werden konnte. Das war der Preis dafür, dass ihn der Fettkloß in Ruhe ließ, der ihm früher schon einmal damit gedroht hatte, ihn aus seinem Ferienhaus am Balaton zu klagen, und dann hätte er nicht gewusst, wo er seine Aale zum Häuten aufhängen sollte.

Während der Präsident nun so dahinrollte, lachte er heiter. Sein ganzer Körper schüttelte sich vor Lachen. Er wälzte sich voran, und am Ufer hallte sein Gewieher nach. Aus seinem Mund spritzte schlammiges Wasser. Er kugelte sich auf den Wellen. Schluckte Wasser und spie es in hohem Bogen wieder aus. Als würde er sich erbrechen, auf seinem Gesicht zeigte sich Erleichterung. So ungetrübt glücklich hatten ihn seine Kinder noch nie gesehen. Es bewegte sich nur noch sein Mund, sein ganzer Körper kribbelte beim Baden, kein offizielles Abendessen, keine Prämie, keine Reise nach Mallorca, Los Angeles oder Kuba, nichts auf der Welt hatte bei ihm jemals ein derartiges Kribbeln auslösen können wie dieses Gewässer, sein Lieblingssee. Nirgendwo sonst auf der Welt hatte er einen vergleichbar milden, seidig silbernen Sonnenuntergang gesehen wie am Balaton.

Die Söhne warteten auf seinen Tod. Sie standen dort am Ufer. Beobachteten mit Argusaugen, wie Fettkloß abends badete, seine Haut einweichte. Dass er ertrank, wollten sie nicht, weil sie die Polizei fürchteten. Die neugierigen Anrufe der Trauergemeinde. Die Gerüchte. Lieber sollte er morgens einfach nicht mehr aufwachen. Einen Herzstillstand erleiden. Oder vor dem Mittagessen in Ohnmacht fallen. Wenn er etwa wegen des Insulins ins Koma fiel, sollte es einfach nicht lange dauern. Sie wollten ihn nicht weiter pflegen. Oder leiden sehen. Er widerte sie an, stieß sie ab. Es waren das Erbe, die Datsche und die Beziehungen ihres Vaters, was sie beschäftigte. Wäre er tot, könnten sie endlich alles selbst in die Hand nehmen, Fettkloß könnte sich nicht mehr überall breitmachen.

Kurz darauf starb er wirklich. Der Präsident des Turnerbundes litt und quälte sich wie ein gehäutetes Schaf, dessen Fleisch er mit viel Knoblauch sein Leben lang so gern als Gulasch verzehrt hatte. Seine Därme waren aufgedunsen, und das Gewebe hielt nicht mehr. An einem Herbstmorgen platzte nach sieben Eiern mit gebratenem Speck sein Dickdarm. Er krümmte sich und schrie vor Schmerz. Stundenlang wand er sich im Todeskampf. Er warf seine Arme hin und her, schlug sich auf die Schenkel und schüttelte unwillkürlich den Kopf. Seine Augen waren blutrot unterlaufen.

Es folgten Streitereien und Prozesse, und schließlich wurde das ebenerdige, kellerlose Ferienhaus in drei Teile unterteilt. Sie befreiten den verwahrlosten Garten vom Unkraut, fällten die Trauerweide und die Tanne und pflanzten eine Reihe Thujen, wie sie es in Österreich bei einer Reise nach Wien gesehen hatten. Sie waren die Ersten in dem Städtchen am See mit einer Buchsbaumhecke. Jeder bekam seine eigene kleine Kochnische. Im Schlafzimmer fand ein französisches Bett Platz, das Klo war allerdings hinten im Garten. Die Fußballer kauften sich Westautos, der eine einen Opel, die anderen beiden jeweils einen Ford. Von ihren Reisen brachten sie Schallplatten mit. Egal, wo sie ein Spiel hatten, stopften sie sich anschließend ihre Reisetaschen voll mit Parfüms, Dosenlimonade und Schokolade, um die Sachen im Sommer zu verkaufen. Man musste dreimal klingeln und Dollar mitbringen, nur damit konnte man bezahlen. Ihr Würfelhaus verwandelte sich in ein richtiges Warenlager.

Bei dem Sohn, der ein Jahr in Tatabánya in der Stammmannschaft gespielt hatte, konnte man sogar eine Bestellung aufgeben. Innerhalb von einem Monat besorgte er alles: Strümpfe, BHs, Kosmetika, Videorekorder. Wenn er ins Trainingslager fuhr, schrieben sie an den Zaun *Szoba kiadó – Zimmer frei*. Hinten im Garten gab es eine Garage, wenn auch nicht allzu groß. Früher hatte der Präsident des Turnerbundes dort sein Boot, die Ruder und die Angelruten, die Angelschnüre und Kescher aufbewahrt. Sogar einen Kühlschrank hatten sie hier untergebracht. Die Soldaten der Volksarmee hatten in der Garage Strom verlegt, daher konnte man auch sie vermieten. Im Schuppen übernachteten immer Gäste aus Jena, denn dort spielte der Fußballer später, dann in Dresden und Bremen, so reiste er schließlich mit der Mannschaft auch nach Westberlin. Deshalb überlegte er, mit seiner Frau das Land zu verlassen.

Er traf Vorbereitungen für seine nächste Reise nach Deutschland; nachdem er seinen Reisepass bekommen hatte, dachte er daran, nicht mehr nach Hause zurückzukehren. Sportler wurden dort bereitwillig empfangen. Bei den einstigen Vasallen seines Vaters beschaffte er sich auch eine verlängerte Ausreisegenehmigung. Amerika wäre viel besser als dieses Kaff am Balaton. Denn mittlerweile überlegte er, gar nicht in der westlichen Zone zu bleiben; sein ganzes Leben hatte er sich schon gewünscht, nach Amerika zu reisen. Nach New Mexico, wo man mit riesigen Pickups auf sechsspurigen Autobahnen fuhr, es gab Autokinos, Drive-in-Restaurants, unglaubliche Entfernungen. Klimaanlagen, Kühlschränke, Coca-Cola, Hamburger. Plötzlich schien es greifbar nah, nicht mehr nach Hause zurückzukommen. Am nächsten Morgen stieg er mit seiner Mannschaft in den Zug und ließ sein privilegiertes Leben in der Hoffnung auf ein noch besseres Leben hinter sich.

EGEL

1.

Der Lehmboden vor dem Schilf am Ufer ist grau und glitschig vom Algenschleim. Die Umrisse der Pfützen zeichnen eine Landkarte, in der sich der ganze See spiegelt, die Schäfchenwolken und der rote Himmelsrand. Die Sonne geht unter. Die Lichter lenken die Blicke auf den Horizont, Sonnenuntergang und Erdgeruch, Schlammduft. Meine Füße patschen durch den Algenschleim, er ist zäh, kitzelt mich beim Rennen an den Sohlen. Wenn ich im Lehm grabe, eine meiner Lieblingsbeschäftigungen, bekomme ich Trauerränder, unter den Achseln, an Armen und Beinen werde ich ganz schwarz. Der Lehm lässt sich tagelang nicht ordentlich abwaschen. Ich verschmiere ihn, schlüpfe in eine neue Haut. Mir wächst ein Chitinpanzer, und ich verwandele mich in einen kleinen Käfer, der sich tarnt. Unter der Lehmkruste kann alles passieren.

Gestern Nacht hat es geschüttet, es regnete stundenlang. In die Küche hatte es von der Terrasse aus hereingeregnet, mein Vater versuchte heute, das Loch mit Plastik abzudecken, aber das half nicht viel, mittags regnete es wieder. Die Tüte riss, so viel Wasser klatschte darauf. Als der Regen endlich aufhörte, war mein Vater ziemlich erleichtert. Im Radio wurde gesagt, dass Breschnew ins Krankenhaus eingeliefert worden sei, Erschöpfung, Sanitäter hatten seinen faulenden Körper von der Tribüne getragen. Vater lachte schallend.

Wenn man barfuß in die Pfützen tritt, klammern sich Egel an die Knöchel. Ich hebe schnell die Füße. Die heiße Sonne trocknet das Ufer, der Sandstrand wird runzelig. Ich beeile mich, damit mir diese dreckigen kleinen Fremden nicht das Blut aussaugen. Ich hüpfe gern auf dem Lehmboden herum, trample, bis er glitschig wird, wenn ich dann auf ihm rutsche, wird mir dabei immer ein bisschen schwindlig. Ich rutsche aus, was macht das schon, ein paar Stürze kann ich locker wegstecken, am liebsten falle ich auf den Oberschenkel oder klatsche auf den Bauch, mitten hinein. Meine Beine sind am nächsten Tag ganz lila, genauso wie nach den Schlägen, aber das hier ist viel besser. Sich im Schlamm auf die Schnauze legen. Im Herbst und im Frühjahr gehe ich aus dem Dorf in Gummistiefeln an den Balaton hinunter, aber jetzt ist es Sommer, da bin ich den ganzen Tag barfuß. Vor gar nicht langer Zeit habe ich ein Paar Gummistiefel vom Sozialamt bekommen, aber meine

Mutter hat sie mir sofort weggenommen, als ich mit ihnen zu Hause ankam. Sie passen ihr, darin treibt sie am Abend die Ziegen vom Dorfrand heim. Gut, dass wir manchmal solche Sachen bekommen. Sonst ist dieses Amt einen Scheißdreck wert, alte Schachteln, zu nichts nütze, sagt meine Mutter, wenn die Frau von der Fürsorge oder die Sozialarbeiterin vom Jugendamt kommt, hat sie immer ganz rote Ohren.

Bei jedem Schritt sehe ich die kleinen Blutsauger, schwarz und nackt warten sie im trüben Wasser treibend auf ihr nächstes Opfer. Das hier ist ihr Versteck, beim Wettrennen gewinnt, wer die Sohlen nicht voller Egel hat. Ich habe noch nie gewonnen. Immer gewinnt die Kati. Meine Freundin, die Kati mit der Krüppelhand. Sie hat das schönste Gesicht im Dorf. Ich schaue sie gern an, und es macht mir Spaß, mit ihr am Seeufer herumzurennen. Ich wäre gern ein Egel oder Katis Gesicht.

2.

Ich gehe zur Volksschule, mein Zeugnis ist nicht besonders gut. Als mich die Nachbarn feixend fragen, na, was für Noten hast du denn bekommen, zucke ich mit den Schultern und renne weg. Ich laufe barfuß zum See, dann durch das Schilf und springe vor der untergehenden Sonne vom Steg ins Wasser. Dreckige kleine Göre, ruft der Nachbar. Oder verdammte kleine Schlampen, das sagen sie auch, wenn wir Pfirsiche klauen. Das machen wir, weil wir die wahnsinnig mögen und im Sommer ständig Durst haben. Ich schwimme wie ein Delfin bis zum Grund des Sees, bohre meinen Kopf in den Schlamm, drücke Arme und Hände an meine Schenkel, so ist es am besten. Ich tauche im Wasser unter. Nicht einmal vom Mond aus kann man mich sehen, nicht einmal vom Ufer, von nirgendwo. Ich bin einfach nicht da, bin nur ein kleiner Punkt oder nichts. Wenn du ein Mädchen bist, dann bist du niemand, so kann man sich prima verstecken. Jetzt ist es gut, unter Wasser bin ich frei und taub. Ich drücke meine Haare in den Schlamm. Später, als ich an der Anglerleiter hochklettere, zerreißt mir ein aus dem Steg ragender Eisennagel den Badeanzug. Ich werde wütend. Von meiner Mutter werde ich dafür eine schallende Ohrfeige bekommen, weil ich nur einen Anzug habe, und den brauche ich auch für die Turnstunde. Aber sie schmiert mir höchstens eine, und dann näht sie ihn. Mich interessiert das nicht. Es ist mir egal. Einmal mehr oder weniger Mist gebaut. Sie hat mich eh nicht lieb, nur ich habe sie lieb.

Ich weiß es im Vorhinein, rechne mir alles aus. Als ich nackt nach Hause laufe, habe ich schon gar keine Angst mehr, ich werde mich einfach vor meine Mutter hinstellen, wen kümmern schon ein, zwei oder drei Flecken im Gesicht. Ich will sowieso Katis Gesicht sein. Oder das Gesicht von irgendjemand anderem, nur nicht mein eigenes. Meins hat Sommersprossen, ist weiß, und meine Augen sind klein. Meine Ohren stehen ab.

Das Gesicht ist der Spiegel der Seele, und die Seele steigt empor, daran denken Kati und ich immer, wenn wir vom Steg einen Kopfsprung machen. Kati drückt ihre krüppelige Hand gegen den Brustkorb und holt mit der anderen weit aus, mit den Füßen paddelt sie kräftig. Sie kann sehr schnell schwimmen, ich hole sie kaum ein. Mit einem Arm hat sie den Schulwettkampf für die Jungpioniere gewonnen. Hat dafür Schwimmflossen bekommen, auch die bringt sie mit. Wenn ihr großer Bruder das Haus verlässt, sind wir frei. Ihr Bruder hat nämlich eine Freundin, und mit der hat er jeden Samstag Sex. Unser Lieblingstag ist der Samstag. Weil meine Mutter dann Fleisch kocht, von irgendwoher besorgt sie immer ein Hähnchen, sonst haut mein Vater nämlich auf den Tisch. Der Samstag ist ein klasse Tag.

Vor dem nächsten Sprung reiße ich meine Arme hoch. Die Möwen fliegen auf, als ich ins Wasser klatsche, zurück bleibt nur ihre grünlich schwarze Kacke. Ich habe jetzt keine Lust, sie mir auf den Arm zu schmieren. Kati und ich essen manchmal davon. Sie schmeckt lecker, so wie grüner Rotz. Wir schmieren sie uns auf den Bauch, auf die Beine. Wir sind die Kacke. Salzige Kacke.

Heute darf Kati nicht mit mir zum Balaton, weil der Krankenwagen gekommen ist.

Als ich wieder hinausklettere und noch einmal springen will, schwimmt der Faden auf dem Wasser, mein Badeanzug reißt weiter auf. Es hat keinen Sinn, ich ziehe ihn aus und werfe ihn beiseite.

Ich bin nackt. Die heiße Sonne bleicht die Planken aus, bleicht meine Haare aus, als ich am Abend im Dunkeln vom Strand nach Hause gehe, brennt mir der Rücken. Im Gesicht habe ich rote Flecken, mein ganzer Körper glüht. Ich habe einen Sonnenstich.

Meine Mutter ist wütend, sie setzt mich auf die Anrichte. Sanft reibt sie mich mit einem kalten, nassen Schwamm ab. Ich bekomme Gänsehaut. Wir warten ab, bis ich trockne, sie gibt mir ein Hörnchen. Und zum Hörnchen kalten Kakao. Sie weiß, dass ich mich vor der Haut ekle, und nimmt sie sogar ab, ich tue ihr leid. Als ich den letzten Rest hinuntergeschluckt habe, spült meine Mutter den Becher und legt mich auf das Sofa in der Küche. Sie streichelt mich, küsst mich, zieht mein Gesicht an ihre großen, weichen, warmen Brüste. Sie schmiert mir den ganzen Körper mit saurer Sahne ein, meinen Brustkorb, meinen Rücken. Sogar die Innenseite meiner Schenkel und meinen Hintern reibt sie gründlich mit Kefir ein. Die saure Sahne ist nämlich aufgebraucht. Für mein Gesicht bleibt kaum etwas übrig, dabei tut das am meisten weh. Auf meine Stirn legt sie einen kalten Umschlag. Mir fließen die Tränen, die Nase entlang, bis zum Mund, ich versuche, das Weinen zu unterdrücken, schaffe es aber nicht. Meine Mutter wischt die

Tränen ab. Wieder küsst sie mich. Ich bekomme Fieber, die ganze Nacht zittere ich wie die Blätter an den Espen am Dorfrand, wenn der Wind kräftig weht.

Meine Mutter ist wütend, weil sie den ganzen Tag nicht wusste, wo ich war. Jetzt sagt sie es auch, weil sie sieht, dass es mir besser geht, sie habe mich gesucht, nach mir gerufen, ich hätte helfen sollen. Das Huhn schlachten, sie habe aufgeräumt, gekocht und danach Aprikosenmarmelade gemacht. Stundenlang die Aprikosen geschält. Morgen koche sie Letscho, sie hat Paprika und Tomaten bei den Nachbarn gekauft. Du hättest nirgendwo hingehen dürfen. Hast du verstanden? Die Sachen waren teuer, auch die Eier sind teurer geworden. Wir haben kein Geld, ich muss zu ihrem Bruder gehen, um welches betteln, auch heute hätte ich gehen sollen, aber ich war nicht aufzufinden. Deshalb habe sie das Hähnchen noch nicht bezahlt. Morgen müsse ich losgehen und Geld von den Verwandten beschaffen. Es wäre für alle besser, wenn ich jetzt nicht krank werden würde.

Mit meiner Mutter ist es gut, weil sie mich noch nie nach meinem Zeugnis gefragt hat. Und weil sie vergessen hat, dass ich am Morgen im Turnanzug zum Strand hinuntergegangen bin. Du warst den ganzen Tag nackt, du dummes, kleines Huhn, sagt sie, und darüber freue ich mich, weil sie sonst viel hässlichere Sachen sagt. Meine Mutter hasst die Jungpioniere, die Lehrer und den Direktor, die Internationale, die hasst sie aus tiefstem Herzen, und János Kádár, den auch.

Der Balaton ist von uns acht Kilometer entfernt, und meine Mutter glaubt, ich sei splitternackt durch das Maisfeld gelaufen. So blöd ist meine Mutter manchmal, dabei wachsen meine Brüste schon, und meine Muschi ist behaart, es würde meine Mutter auch nicht stören, wenn ich nackt wäre, sie sieht mich immer nur mit ihren Augen. Hat keine Ahnung, dass mich die Kinder im Dorf seit Jahren wegen meines Gesichts verspotten. Hat keine Ahnung, dass ich Kati lieb habe. Man hätte euch auf den Müll werfen sollen, sagt sie immer, wenn Kati zu uns rüberkommt und wir etwas ausfressen. Sie mag es nicht, wenn wir uns hinterm Haus verstecken und bei der Scheune zündeln. Kati hatte sich ausgedacht, dass wir uns die Haare an der Muschi anzünden sollten, weil die eklig sind. Und wir haben sie uns angezündet. Wer will schon, dass es immer zwischen den Beinen juckt. Mir hat meine Mutter dafür eine Ohrfeige verpasst, Kati ist sie nur auf den Fuß getreten, Kati sei degeneriert und überhaupt, wozu zum Teufel sei sie überhaupt auf die Welt gekommen, wenn sie ärgerlich ist, spricht sie solche Sachen laut aus.

3.

Ich liege im Bett. Es ist Abend, ich kann nicht schlafen. Es tut mir leid, dass Kati heute nicht kommen durfte. Ich sehe es vor mir, wie sie mit den Schultern zuckt, sich ihre schöne, weiße Hand auf den Bauch legt und kichert. Wohin ist der Krankenwagen wohl mit ihr gefahren? Wo mag sie jetzt sein? Was ist mit ihr passiert?

Sie fehlt mir sehr. Wer wird mit mir zusammen am Strand die DDR-Mädchen kneifen? Ihre trockenen Haare nass spritzen? Die Armbanduhren der Budapester Urlauber klauen? Kati und ich schnappen uns immer ihre Handtücher, während sie baden. Ich verstehe nicht, wenn sie uns hinterherschreien: Gästohlän, gästohlän! Es macht so viel Spaß, mit Kati zu klauen und dann wegzurennen.

Meine Schultern zittern, auf den Armen habe ich Gänsehaut, mein Gesicht brennt. Als wäre mein Gesicht mit Flammen bedeckt, eine Maske, eine brennende Maske. Es will nicht aufhören. Am stärksten brennt es da, wo ich mich tagsüber mit Lehm vollgeschmiert habe. Ich höre den schweren Atem meiner Mutter aus der Küche, ein bedrohlicher Atem. Sie liegt auf dem Sofa. Im Sommer schläft sie dort neben der Kochplatte und dem Taschenradio, damit sie morgens, wenn sie sich eine frische Schürze anziehen will, nicht durch die gute Stube gehen muss. Da haben wir sogar einen Teppich, und der würde dann schmutzig werden. Meine Mutter geht abends oft dreckig ins Bett. Sie wäscht sich nicht, wozu auch, das Brunnenwasser ist kalt. Sie badet nur, wenn sie in die gute Stube gehen muss. Sonntags, an Ostern, Weihnachten und Pfingsten. Im Schlaf schnarcht sie und leckt sich ihre Spucke ab, kratzt sich, sie hat Läuse und die Krätze. Ich weiß es, weil ich es seitlich an ihrer Unterhose gesehen habe. Meine Mutter meint, die Unterhose sei ein Geheimnis. Ein schmutziges kleines Geheimnis. Ich sehe von Weitem, wie sie im Schlaf schwitzt, ihre Stirn ist ganz nass. Sie wälzt sich, dreht sich hin und her. Reibt sich zwischen den Beinen.

Meinen Bruder haben sie vor drei Tagen mitgenommen. Ein Mann und eine Frau sind gekommen, meine Mutter musste ein Papier unterschreiben, bevor sie ihn mitnahmen, hat meine Mutter geweint, dann ist sie mit der Waschschüssel zum Brunnen gerannt. Sie hat sich das Gesicht gewaschen, um mit dem Weinen aufzuhören und weiter auf dem Acker arbeiten, hacken zu können. Mein Vater hat den ganzen Tag Holz gesägt, einen Nagel in ein Brett schlagen wollen, aber seinen Fuß getroffen, er hat geschrien, sah furchtbar wütend aus, dann trank er Bier. Schnaps und Bier. Mit seinem jodbeschmierten Fuß ist er verschwunden, die ganze Nacht.

Jetzt schlafe ich allein im Bettchen. Meine Beine hängen heraus. Ich muss klein bleiben, dann nehmen die vom Amt mich nicht mit. Ich bin schon fast eingeschlafen. Schrecke aber auf, weil mein Vater zur Tür hereinfällt. Es dämmert bereits. Er schlägt mit dem Kopf auf die Fliesen.

Der Hahn kräht, die Schweine laufen auf und ab, ich höre, wie sie durch den Schlamm waten.

Mein Vater liegt in der Küche, ausgestreckt auf den kalten Fliesen. Meine Mutter steht auf, steigt über ihn hinweg. Sie kommt zu mir herein, deckt mich zu, weiß nicht, dass ich die ganze Nacht keine Minute geschlafen habe. Sie weiß nicht, dass ich alles höre. Sie gibt mir einen Kuss, ihr Atem stinkt, trotzdem mag ich ihren Mund, er ist zart und weich. Hab keine Angst, flüstert sie ins Kissen.

Meine Mutter hat mir gesagt, sie hätte Angst, dass sie mich mitnehmen wie meinen Bruder, der auch nichts Schlimmes gemacht hat, und trotzdem haben sie ihn ins Heim gebracht. Meine Mutter hat mir einen Christus aus Blech gekauft und unters Kissen gesteckt. Der soll mich vor den bösen Menschen und vorm Heim beschützen. Aber ich darf niemandem in der kommunistischen Schule erzählen, dass wir einen Christus im Bett haben.

Seit drei Tagen sticht er mir ins Gesicht. Sie betastet den kleinen Christus und geht hinaus.

Ich brauche keinen Christus, in der Schule sagen wir jeden Tag in der Lesestunde, »es gibt keinen Gott«. Wozu dann ein Gott unter meinem Kissen? Ich ekle mich vor seinem Geruch, Mutters Christus riecht nach Eisen.

Meine Mutter spinnt, sie hat sich diesen Gott nur ausgedacht, der Blech-Christus stinkt. Ich glaube, mein Badeanzug ist wegen ihm zerrissen, und wegen ihm habe ich auch ein schlechtes Zeugnis. Mir passieren lauter schlechte Sachen, seitdem er hier herumliegt.

Meine Mutter geht zum Melken, mein Vater schnarcht. Ich stehe auf, gehe zum Brunnen hinaus und werfe den Christus hinein. Als er ins Wasser fällt, platscht es. Das ist ein gutes Zeichen. Bestimmt sind die zwei Sanitäter wegen ihm zu Kati gekommen. Warum ist das schlimm, wenn wir das an uns wegbrennen, was wir nicht brauchen? Ich will nicht behaart sein. Kati hat auch noch gesagt, wir sollten unsere Brüste abschneiden. Ich kann es kaum erwarten, dass sie nach Hause kommt. Ihr Vater hat ein scharfes, altes Schweizermesser. Wenn Kati aus dem Krankenhaus zurück ist, schneide ich sie mir bestimmt ab, nur allein möchte ich das nicht. Zu zweit geht das Schnippeln viel besser, weil wir zu zweit insgesamt drei Hände haben. Ich krieche zurück ins Bettchen, schließe die Augen und schlafe mit Katis lachendem Gesicht ein. Zum Frühstück backt meine Mutter Hörnchen, mich weckt der Duft des Honigs. Auf dem Kakao schwimmt Haut.

STELLA

Stella ging in unsere Klasse, ihr Name war ungewöhnlich. Sie war ein Phänomen, deshalb ist ihr Verschwinden bis heute präsent. Stella war mit ihrer Familie aus Almádi, vom Balaton, in das Budapester Arbeiterviertel Kőbánya gezogen, ihr Vater war Lastwagenfahrer. Wir wohnten damals dort am Wäldchen. Stellas Großeltern kamen jedes Jahr zum Schulfasching, ihre Winterstiefel waren so matschig, dass der diensthabende Pförtner sie am Tor aufforderte, sie auszuziehen. Sie spendeten die Preise für die Tombola. Milch, Joghurt und vier verschiedene Sorten von Pogatschen. Sie schleppten immer riesige Einkaufstaschen, Stellas Großmutter war davon ein Buckel gewachsen, zumindest erzählte Stella das. Sie verteilte das Gebäck auf gefalteten Servietten und gab jedem eine Dose Cola, die ihr Vater aus Wien geschmuggelt hatte. Mehrere in der Klasse wollten sie zur besten Freundin haben, doch sie machte keine Ausnahme, war zu allen gleich nett.

Ihre langen, braunen, sich an den Rücken schmiegenden Haare glänzten von Weitem. Sie trug Strickpullover, die nie fusselten, und stonewashed Jeans. Ihr Gesicht war wie das der Mona Lisa. Geheimnisvoll freundlich. Aber sie konnte auch wütend sein. Andere Male schien sie verträumt und hemmungslos emotional. Einmal brachte sie sogar die Klassenlehrerin zum Weinen, als diese aufgebracht jedem eine Sechs eintragen wollte. Stella stand auf und verbat sich die kollektive Strafe. Ich beobachtete Stella gern, und sie roch auch so gut. Sie zeichnete ziemlich gute Comics, spielte schön Geige und kannte spezielle Rock-'n'-Roll-Schritte und Discotänze, sodass uns der Mund offen stand. Sie war gelenkig und anmutig. Das Lernen aber fiel ihr schwer. Sie turnte gern, sprang herum, streunte durch die Gegend. Oft wurde die Klassenarbeit gerade noch eine Vier. In mehreren Fächern war sie versetzungsgefährdet, ihre Mutter jammerte so lange, bis sie die Vier bekam. Was für eine Schauspielerin! Sie ging so lange in die Sprechstunden, bis die Klassenlehrerin Gnade walten ließ. Doch das war unwichtig. Wichtig war nur, dass ihr Vater Lastwagen fuhr. Er brachte die Waren aus Wien, Frankfurt, München und Zürich und überschüttete Stella mit Geschenken, und sie verteilte sie an Hinz und Kunz.

Ich wusste, dass Stella den Balaton liebte und ihr der See sehr fehlte. Dass sie die Plattenbausiedlung, die Nachbarn und dass alles zu hören war, nicht mochte. Sie mochte das dunkle, nach Pisse riechende Treppenhaus und den Geruch des stinkenden Putzmittels auf dem Linoleum nicht.

Auch meine Mutter hatte Stella sehr gern, deshalb machte sie bei ihr eine Ausnahme. Sie lud sie zu uns ein, sonst durfte ich nie jemanden mitbringen. Nach der sechsten Klasse machte sie Ferien bei uns in Balatonszabadi. Wir strolchten durch den sumpfigen Wald, sammelten moosbewachsene Zweige und Frösche, richteten im Wohnzimmer ein Terrarium ein. Wenn die Sonne brannte, sprangen wir stundenlang vom Zugangssteg ins Wasser. Meine Mutter kaufte Sonnenöl, wir schmierten uns gegenseitig ein. In irgendeiner Illustrierten hatten wir kupferbraune Französinnen gesehen. Stella hatte sich in den Kopf gesetzt, dass zu unserem Bikinioberteil, das am Hals zugebunden wurde, ein sonnenölgebräunter Körper passen würde. Drei Vormittage und drei Nachmittage verbrachten wir an der prallen Sonne, das Ende waren Fieber und Sonnenbrand. Einmal büxten wir sogar nachts, als meine Eltern schliefen, durch das Fenster aus. Stella hatte mir schon Wochen vor der Reise damit in den Ohren gelegen, sie wolle in einer Disco tanzen. In der nahe gelegenen Stadt Siófok hatte gerade die erste Siotour-Disco eröffnet. Mit DJ-Pult, Lautsprecherboxen und Lightshow. Von der Kuppel hing eine smaragdgrüne Discokugel. Blinkende Lichter, Spiegel um die Tanzfläche. Den ganzen Weg am Ufer entlang rannten wir, weil wir Angst hatten, jemand würde uns verfolgen. Zwei

Gestalten liefen hinter uns her. Keuchend und mit feuerroten Gesichtern kamen wir im Morgengrauen bei uns zu Hause an. Meine Mutter verpasste nur mir eine Ohrfeige.

Wir waren in der siebten Klasse, als sie plötzlich aus der Plattenbausiedlung wegzogen.

Ihre Mutter hatte nicht gearbeitet, immer war sie krankgeschrieben, genauso wie meine Tante Klára, die ursprünglich Zahnärztin war. Jeden Tag kochte sie, deshalb brachte Stella immer ihr eigenes Essen in einem Henkelmann mit, und Schokolade, Süßigkeiten aus der Schweiz. Ihrer Mutter zitterten ständig die Hände, das sahen wir, wenn sie in die Schule kam, um im Werkunterricht zu helfen, oder uns bei einem Klassenausflug begleitete. Sie schwankte, ihre Stimme war heiser und tief, wenn sie auf uns einredete. Manchmal ohne Punkt und Komma. Wir lachten sie aus, äfften ihren taumelnden Gang nach, natürlich immer so, dass Stella es nicht merkte. Sie wäre sehr böse auf uns gewesen, und wir wollten sie nicht verletzen.

Meine Mutter trinkt, flüsterte Stella. Zuerst sagte sie es nur ihrer Banknachbarin, dann einigen Mädchen, mit denen sie im Sportunterricht den Kastensprung übte. Meine Mutter säuft, sagte sie. Und einmal: Meine Mutter hat total besoffen in der Küche gelegen, als ich morgens aufgestanden bin, deshalb habe ich jetzt kein Mittagessen. Wir warfen Geld zusammen, um ihr ein paar Hörnchen und Käse zu kaufen.

Stellas Mutter war häufig betrunken, wenn wir bei Stella spielten. Und wir gingen oft zu ihr, weil sie uns immer freundlich einlud, coole Gameboys hatte und wir Videos gucken durften. Wenn wir dann aufbrachen, sahen wir noch, wie ihre Mutter auf dem Teppich lag. Ihr Brustkorb bebte, die Augen waren nach oben verdreht, und sie fuchtelte herum. Stella zog still und behutsam die Wohnzimmertür zu und drängte uns zu gehen. Während wir auf den Aufzug warteten, hörten wir Stimmen. Ein Röcheln und Wimmern. Stella brüllte mit ihrer Mutter, schrie und schlug auf das Sofa. Wir rannten, so schnell wir konnten, die Treppe hinunter, warteten nicht, bis der Aufzug in den achten Stock hochkam. Wir flohen wie die Feldhasen. Wir hätten uns versteckt, egal wo, selbst unter der Erde, um nur nicht hören zu müssen, wie Stella ihre Mutter trat. Komm endlich zu dir! Wie sie ihre Mutter ohrfeigte. Das hast du verdient! Später trank sie nicht nur, sondern nahm auch Tabletten und ritzte sich. Sie schlägt ständig ihren Kopf gegen die Wand, erzählte Stella. Einmal wurde sie von den Sanitätern mitgenommen. Wochenlang war sie im Krankenhaus. Man entfernte ihr ein Stück ihres Magens, dann die Gebärmutter, schließlich kam sie in ein Sanatorium in Balatonfüred. Stella nahmen ihre Großeltern mit. Den ganzen Sommer wohnte sie in Almádi. Und im Herbst änderte sich dann alles. Sie redete nur wenig, ihre Lebendigkeit war verschwunden. Sie war blass geworden, wir erkannten sie kaum wieder, das war nicht sie, nicht dasselbe Mädchen.

Ich erinnere mich, es war Frühling, wir hatten gerade Geschichte, es ging um die Revolution von 1848. Die Bilder von Sándor Petőfi und dem Kaffeehaus Pilvax im Schulbuch. Es klopfte. Es war weniger ein Klopfen, jemand polterte regelrecht gegen die Tür des Klassenzimmers, die fast einzubrechen drohte. Ein kräftiger, unrasierter Mann mit tätowiertem Hals stand in der Tür. Die Märzsonne strahlte so stark herein, dass die Landkarte zur Revolution und das Periodensystem neben der Tafel im Licht schwammen. Es war Stellas Vater. Seine Glatze schimmerte. Er betrat das Klassenzimmer und blieb vor den Bänken stehen. Ein Fleischklotz, ein Fleischvater. Eine liebenswerte Erscheinung. Wir hatten ihn noch nie zuvor gesehen. Was für ein Schrank! Er wollte seine Tochter holen, resolut, doch freundlich bat er sie, sofort zusammenzupacken. Sie müssten gehen. Er vergaß sogar zu grüßen. Wir zuckten zusammen. Warteten staunend ab, was passieren würde.

Stella stand auf. In ihrem Gesicht Verlegenheit, Wut, aber auch Freude. Sie wusste genau, was folgen würde. Brav räumte sie ihre Sachen zusammen und verabschiedete sich von der Klasse. Bevor sie durch die Tür trat, gab sie ihrem Vater ein Küsschen. Hand in Hand gingen sie zu dem am Schultor parkenden Lastwagen. Die ganze Klasse beobachtete sie vom Fenster aus. Stella zeigte uns den dicken Daumen, damit winkte sie uns zu. Der Geschichtslehrer trug etwas ins Klassenbuch ein. Dann begann er wieder seine Leier vom armseligen Petőfi, diesem armen

Tropf. Sogar am Schuljahresende warteten wir noch auf sie, vielleicht käme sie ja zur Zeugnisausgabe, doch sie kam nicht. Ihr Vater tauchte auf, um die Papiere zu erledigen. Wir erfuhren bloß, dass sie die Schule ab September in Alsóörs fortsetzen würde. Während ihre Mutter im Sanatorium bliebe, würden sie am Balaton wohnen, und Stella könnte oft im See baden.

AM STEG

Der Sommer kann beginnen, wir öffnen die Fensterläden. Die toten Fliegen vom Vorjahr fegen wir hinaus, lassen das Boot zu Wasser, pumpen die Reifen der Fahrräder auf. Den Garten haben die Blindmäuse zerwühlt, wir sind dieses Jahr zu spät gekommen, der Flieder blüht kaum mehr, die Bienen sind verschwunden, doch dafür haben die Pappeln den Garten mit ihrer Watte schon vollgeschneit, die Toreinfahrt ist voller Fussel.

Ich erinnere mich an den Steg, wie mein Großvater, als ich Kind war, auf einer Bastmatte lag und in der Hand ein Buch zur brennenden Sonne hin hielt. Er las meist Balzac, Zola, Kálmán Mikszáth. Waffen interessierten ihn, er war Sammler. Segeltaue, Pistolen, Positionen des Abzugs und persische Zierknöpfe. Kriege und Epidemien, Krebs, die Ausbreitung von Totenflecken.

Ich sehe ihn vor mir, der dicke, farbige Band wirft einen Schatten auf sein Gesicht, er liest bereits seit Stunden. Nie trug er einen Strohhut. Sein langes, glänzend dunkelbraunes Haar kämmte er sich quer über den kahlen Kopf. Er hatte eine metallgerahmte Sonnenbrille mit Dioptrien, die er sich in der Budapester Innenstadt anfertigen ließ; sein Optiker arbeitete im Innenhof neben dem Antiquariat Múzeum. Drei Möwen fliegen am Himmel, große, fette Karpfen springen von Zeit zu Zeit hoch und klatschen in das körperwarme, seichte Wasser. Die Ukeleie schnellen auseinander wie die Lichtstreifen explodierter Sterne im August.

Zum Sommerende ist das Ufer vollkommen anders. Es wird schlammig, und am frühen Morgen liegt ein fauliger Geruch in der Luft. Ein modriger Schilfgeruch wie in einem Sumpf. Der Balaton blubbert in der Hitze, an den Steinen wiegt sich der graue Schaum mit den Wellen hin und her. Wird das Wasser an den Hafenschleusen in den Sió-Kanal abgelassen, kann man bis zu hundert Meter in knöchelhohem Wasser waten. Mein Großvater hebt die Brille an, wischt sich mit der Hand über die verschwitzte Stirn. Holt sein Frottee-Taschentuch hervor und wischt auch die Brillengläser ab, ich winke ihm vom Ufer aus zu, er bemerkt mich nicht.

Ich schwimme zu ihm, rufe. Das Mittagessen ist fertig, na, komm schon! Ich fuchtle im Wasser. Alle warten auf dich!

Heute werden wir im Wohnzimmer vor dem Fernseher essen, weil es auf der Terrasse unerträglich heiß ist.

Ganz umsonst haben wir gestern im Sió-Kaufhaus zwei neue Sonnenschirme gekauft. Ich bin elfeinhalb, schaue meinen Großvater gern an. Er fragt, was es zu essen gebe. Ich zögere, er fragt noch einmal. Tomatensuppe. Kartoffelnudeln mit Gurkensalat. Gut, murrt Großvater, Armenküche. Er steckt seine Brille ein, packt das Buch in eine Tüte und beeilt sich. Es ist Mittag, und er hat Hunger. Er bindet die Kordel an seiner Badehose und springt ins Wasser. Als sein Körper in den See platscht, schlägt das Wasser Wellen. Großvater schwimmt auf dem Rücken, die Hand an der Taille, treibt sich nur mit den Füßen an. Das Wasser spritzt, das Buch in der Tüte hat er auf seinen Bauch gelegt. Wie ich vermutet habe, auf dem Umschlag sind zwei Pistolen, er hat den ganzen Vormittag keinen Roman gelesen, sondern in Katalogen gestöbert.

Kurz vor der Treppe, die aus dem See führt, entdecken wir eine Leiche. Ich habe noch nie eine Leiche gesehen. Weiß nicht, was das ist, ein lebloser Körper. Ein seltsamer Anblick. Ein brauner, wächserner, steifer Arm schwimmt auf der Wasseroberfläche. Manchmal verschlucken ihn die Wellen. Es wäre besser, ihn nicht zu sehen, dann ist es, als wäre er gar nicht da, doch schon treibt er wieder nach oben, das Wasser wirft ihn an die Oberfläche, oder die Strömung lässt ihn wieder los. Ich weiß nicht, was das bedeutet, zu sterben. Auch nicht, dass es ein Nicht-Leben gibt, dass das Leben zu Ende sein kann.

Eine wattierte Jacke. Auf dem Wasser schwimmt eine verbrannte, rußige Boje, starr. Aufgebläht. Mein Großvater und ich schwimmen näher heran. Ein Arm, ja, jetzt ist es schon deutlich zu erkennen, der Arm endet in einer Hand. Großvater stupst den Körper an. Wartet. Ich bleibe zurück, bibbere. Zu dem Arm gehört ein Mensch, der bald zwischen den Wellen auftaucht. Mit gespreizten Beinen auf dem Wasser schwimmt.

Mein Großvater ist Arzt, er tastet die Hände, die Schenkel ab. Nimmt den Kopf in beide Hände. Nickt, murmelt etwas, ich verstehe ihn kaum. Er zieht die Leiche ans Ufer. Versucht den fauligen, aufgedunsenen Körper aus dem Wasser zu heben. Er ist unglaublich schwer, lässt sich kaum bewegen. Großvater ruft, ich soll dem sich am Strand sonnenden Nachbarn Bescheid sagen. Doch ich bringe keinen Ton heraus, bin total verschreckt. Na, geh schon, Großvater gibt mir einen Schubs. Ich renne zu den Leuten, die auf ihren Handtüchern in der Sonne liegen. Zuerst finde ich den Nachbarn nicht. Ich laufe durch das Gras, stolpere über die Wurzel eines Baumes, stehe aber schnell wieder auf und renne weiter. Ich beeile mich so sehr, dass ich schweißgebadet bin, geht es doch um eine Leiche, das ist eine wichtige Sache, ich denke, sehr wichtig, auch Leichen müssen gerettet werden.

Drei fremde Männer kommen mit mir zurück ins Wasser, sie helfen, den Körper ans Ufer zu bringen. Allein würde es keiner schaffen. An der Treppe kippen sie die Leiche auf die Seite und heben sie über das blaue Eisengeländer. Einer von ihnen fällt beinahe hin, die von Algenschleim überzogenen Holzstufen sind rutschig. Es stinkt, ein beißender Geruch. Die Badegäste sind neugierig, müssen beim Anblick des toten Körpers aber würgen.

Leises Murren. Unter das Raunen des Entsetzens mischen sich spitze Schreie der Überraschung und Neugierde. Was gaffen die da, Großvater hebt die Stimme. Die Männer schleppen die Leiche unter eine Trauerweide, legen sie an den Fuß des Baumes. Jemand bringt eine karierte, raue Wolldecke. Der Kopf schaut heraus, er wird mit einer Tüte zugedeckt. Der Mann hat einen aufgedunsenen Luftballonkopf. Mein Großvater vertraut jemandem den Körper an, bis wir aus der Datsche eine Zwei-Forint-Münze geholt haben. Barfuß gehen wir zur Telefonzelle, die etwa zwei Kilometer von unserem Uferabschnitt entfernt ist. Wir rufen bei der Polizei an. Die Polizei verständigt die Sanitäter. Sie werden einen schwarzen Plastiksack mitbringen, in dem sie den stinkenden Körper schließlich abtransportieren.

Wir müssen zurück ans Ufer, aus dem Mittagessen wird nichts. Meine Großmutter ist verärgert, warum ausgerechnet wir diesen armseligen Kerl finden mussten. Den ganzen Abend habe man ihn gesucht. Der kann gut zwei Tage alt sein, murrt Großvater, der sein ganzes Leben als Leichenbeschauer gearbeitet hat. In den Fünfzigerjahren war er bei der Polizei, hatte nach Morden, Schlägereien, Selbstmorden, Folterungen und Hinrichtungen durch Erhängung den Tatort gesichtet. Er stellte bei zerschundenen Körpern einen brutal gewaltvollen, freiwillig begangenen oder aber befreienden Tod fest. Wurde zu zahlreichen frühen Kindstoden gerufen. Schrieb Gutachten über tote Kinder, deren Mütter später verurteilt wurden. Niemals in seinem Leben betrat er einen Friedhof. Er starb 1986, an Lungenkrebs. Großvater hasste den noch tagelang in der Nase beißenden Geruch der Leichen.

Rings um den Körper ein Menschenauflauf. Noch immer stehen die Leute da. Es ist ganz selbstverständlich, dass man sich kümmern muss. Doch nur mit zugehaltener Nase. Sie fassen die Decke an. Greifen nach der Leiche und machen Bemerkungen. Rätseln, um wen es sich handeln könnte. Brummen wie Schmeißfliegen auf faulendem Fleisch. Jeder hat eine Idee, was man tun müsste, und hat eine Erklärung, was passiert sein könnte. So ist das immer, sagt Großvater. Die Leute wollen unbedingt etwas machen, haben aber keine Ahnung, was. Das Leben ist nicht wie der Tod, der Tod hat praktische Folgen, Regeln. Parameter. Millimetergenaue Flecken. Egal, wer stirbt, eine Leiche ist wie die andere. Die Toten sind allesamt gleich, wiederholt Großvater. Die Nase wird länger, die Finger schrumpfen, die Fußsohlen werden schrumpelig. Sie sind kreidebleich und nach ein paar Stunden dann rostfarben vom Hämoglobin.

Ich sehe nur den Körper. Die Brust ist fleckig, die Hände sind auf das Dreifache angeschwollen. Ich gehe ganz nah heran, um ihn zu mustern, es ekelt mich, ein Schaudern läuft mir über den Rücken. Er schaut unter der Decke heraus. Auch die Knöchel sind aufgedunsen, wie zwei Erdkugeln. So braun wie öliger Schlamm, eine Stunde später, als die Polizisten eintreffen, sind sie schon ganz dunkel. Alle paar Minuten ändert sich sein Anblick. Er sieht wirklich aus, als hätte man ihn mit brauner Farbe eingeschmiert. Als sei er im Sumpf versunken, und der Schlamm würde an ihm kleben. Die Fußsohlen sind knittrig, die Haare zerzaust, die Nägel werden immer länger. Ekelerregend und anziehend zugleich.

Mein Großvater schickt die Leute etwas weiter weg, Infektionsgefahr, sagt er, und die Schaulustigen werden allmählich weniger. Aus dem Mund und zwischen den Beinen steigen Fäulnisgase auf, als Großvater die Leiche umdreht. Paprikahuhn mit Kohl, das war wohl das Mittagessen vor dem Ertrinken. Als wir endlich zu zweit sind, flüstert Großvater mir zu, dass er diesen Mann gekannt habe. Nur sei er derart deformiert, dass er sich zunächst unsicher gewesen sei. Er ist es, der alte Botlik.

Der alte Botlik hat Pullover für den Privatsektor hergestellt. Auch ich kannte ihn. Er wohnte im Sommer oben am Bahnhof, ein sehr netter Mann, ich bekam öfter Lutscher von ihm. Manchmal brachte ich ihm Medikamente und Rezepte, wenn mich Großmutter schickte. Er hatte ein Haus wie im Märchen. Eine Wendeltreppe führte ins obere Stockwerk. Fünf Zimmer, jedes in einer anderen Farbe gestrichen. Im Garten züchtete er japanischen Fächerahorn. Im Sommer setzte er sich auf die Terrasse seines Ferienhauses, immer nachmittags um Punkt vier für eine halbe Stunde. Ansonsten empfing er die Gäste im Wohn- und im Schlafzimmer. Im Winter lebte er in Kiliti, dort war seine Werkstatt. Vom Frühjahr bis zum Herbst hatte er auf dem Pullovermarkt einen eigenen Laden, wo er auch Jeans an die Deutschen verkaufte. Der alte Botlik mochte die Männer, sagt Großvater, ständig war er verliebt, ein gefährliches Spiel, zudem war er schüchtern, und wohlhabend. Manchmal hockte er dort im Wäldchen. Großvater sah einmal, wie er rannte, vor etwas flüchtete, keuchte, sein Herz klopfte so stark, dass er nach einem Arzt rief. Dann brach er zusammen. Nach einer seiner Affären musste er ins Krankenhaus gebracht werden. Das Schicksal meinte es nicht gut mit ihm, er hatte zwar alles, und doch war er von einer solchen Leidenschaft getrieben, die sich nicht besänftigen ließ. Der alte Botlik suchte meinen Großvater öfter wegen allerlei Krankheiten auf, bat ihn, er solle ihn heilen, aber auch er konnte ihm nicht helfen. Eine Zeit lang spielten sie sogar zusammen Karten. Er schummelte nie, konnte auch nicht bluffen. Die Behandlungspausen hielt er nicht ein, die Therapien führte er nicht zu Ende. Und jetzt liegt er hier unter dem Baum. Sein Gestank beißt in der Nase.

Der alte Botlik, mit dem mein Großvater vor Jahren einen ganzen Sommer lang jeden Sonntag Ulti gespielt hat, ist vor seinem Tod eine große Runde geschwommen. Vermutlich ist er nach dem Mittagessen zum See hinuntergegangen, wohl vorgestern. Seltsam, das Ganze stimmt vorn und hinten nicht. Wer am Balaton lebt, geht Mitte August nie bei brennender Mittagssonne baden.

UND TANTE KLÁRA
LAG AUF
IHRER MATRATZE

Wenn die Hitzewelle Ende Juli einsetzte, füllte sich unser Ferienhaus. Das Wetter war schwül und diesig. Am Himmel Schleierwolken. Mal war diese Zeit bedrückend, mal explosiv befreiend. Die Fensterläden ließen wir den ganzen Tag geschlossen. Das Gras vertrocknete, am Ende unserer Straße war das Federgrasfeld niedergetrampelt, es musste nicht mehr gemäht werden. Wir spannten die Fliegengitter vor die Fenster. Pumpten das tschechoslowakische Gummiboot auf und stellten es vor die Spiersträucher. Am Vormittag planschten wir darin. Wenn eine meiner Cousinen ins Wasser pinkelte, schütteten wir es aus und füllten das Boot neu. Das Wasser spritzte fast dampfend aus dem heißen, spröden Gartenschlauch. Wir hüpften vor Freude und bissen nach dem Wasserstrahl. Spuckten uns jeden Schluck gegenseitig auf den Kopf. Dann bekam das Boot ein Loch. Wir gingen hinter das Haus, wo man geheime Spiele spielen konnte.

Mein Vater stellte zwei Sonnenschirme auf die Terrasse,

mit Betonsockel, dabei wehte gar kein Wind. 1968 hatten meine Großeltern in den Fuß der Ständer geritzt, das Jahr, in dem unser Haus in Siófok gebaut worden war. Meine Eltern spielten früh am Morgen ein Stündchen Tarock, danach fuhren sie mit den Polen aus der Nachbarschaft in den Obstgarten, um schnell Pfirsiche zu pflücken. Mittags legte mein Vater die karierte Decke auf die Windschutzscheibe des Autos, damit die Sonne die Kunststoffdichtungen des Moskwitsch nicht anfraß. Er war sehr um seinen Wagen besorgt, wir hatten jahrelang auf ihn gewartet. Es war so warm, dass wir mit unseren Schwimmflossen nicht einmal zum See hinuntergingen. Gegen Mittag zogen wir uns meist in unser Zimmer zurück und spielten auf dem Bett.

An jenem Tag, als Tante Klára sich die Kante gab, hatten wir uns doch für den Garten hinterm Haus entschieden. Dort sahen meine Großeltern uns nicht. Hatten uns nicht im Blick. Worüber auch sie sich freuten, denn Omi sagte häufiger bei dieser Hitze, dass sie verdammt noch mal genug habe von uns und unserem Gebrüll. Ihre Stimme zitterte.

Meine größeren Cousinen hatten sich ein ganz stilles Spiel ausgedacht. Hinten im Garten hatten wir ein Indianerzelt. Wir legten es mit Pappe aus, polsterten es schön und verzierten es. Außen waren ein paar Traumfänger, Pfeile und ein Tomahawk aufgemalt. Eine lange Pfeife, eine aus Schilf geflochtene Schale und Kopfschmuck. Außerdem ein Büffel und ein schiefer, nicht zu erkennender Seeadler mit weiten Schwingen. Den hatte ich gemalt, mit links, weil mich eine Wespe in die rechte Hand gestochen hatte und sie geschwollen war.

Meine Großmutter kochte indessen das Mittagessen in der Küche. Sie panierte, setzte die Obstsuppe auf, die sie danach mit Eiswürfeln abkühlte. Man konnte in dem dichten Panadegeruch, den das Backhähnchen verbreitete, einen Hitzschlag bekommen. Omis Hände waren flink, sie schlug die Eier auf, streute das Mehl. Wir aber ergriffen die Flucht, wenn sie uns mit ihrer schwarzen Sonnenbrille anschaute. Vor ihr hatten wir am meisten Angst. Das war ihr Haus, sie konnte hier bestimmen und hatte sich zur Kommandantin ernannt. Früher war sie eine feine Dame gewesen, war bei Nonnen zur Schule gegangen. In diesem System aber sei das scheißegal, flüsterte sie, und dass sie selbst ihr letztes Kleidungsstück an einem Novembertag verbrannt hätte, als die Russen mit ihren stinkigen, dreckigen Panzern in Budapest einmarschiert seien.

Ihr Ring schlug im Takt auf die Anrichte, als sie das Fleisch klopfte. Das alte Öl zischte, so heiß war es. Als Omi hineinspuckte, qualmte es sogar. Sie benutzte es fünf-, sechsmal. Auch Apfelkuchen backte sie. Sie besaß drei Gasflaschen, die sie wechselte. Bei solchen Anlässen, wenn die Familie zusammenkam, gab es immer ein Mittagessen mit mehreren Gängen. Alle kamen an den Balaton, was für eine Freude, wenn die ganze Familie beisammen war, da konnte die Küche ruhig qualmen!

Wir waren zu siebzehnt in dem ebenerdigen Haus mit seinen fünf Zimmern. Unsere Datsche dampfte regelrecht. Alle zogen sich in die kühlen Räume zurück, mit Ausnahme von meiner Tante Klára. Sie lag in der prallen Sonne. Auf dem Kopf einen Strohhut. Manchmal erhob sie sich und ging ins Wohnzimmer zum Kühlschrank. Dann schenkte sie in ihren Bierkrug Rotwein nach, gab etwas Sodawasser dazu und legte sich zurück auf ihre Matratze in die Sonne. Nach einer Weile zog sie ihr Bikinioberteil aus und sonnte sich so weiter. Tante Klára war den Erwachsenen eigentlich egal. Sie behandelten sie wie Luft, auch Omi schritt über sie hinweg, statt über sie zu stolpern. Tante Klára redete meist den ganzen Vormittag mit niemandem ein Wort. Und das war für alle das Beste.

Mein Großvater wässerte mehrmals am Tag die Steinfliesen. Dazu holte er in einer Waschschüssel kaltes Wasser aus dem Hahn an der Zisterne, schüttete es auf den Boden und ebnete dem Wasser mit dem Besen seinen Weg. Dabei sammelte er Haare und Kippen auf, wischte die Asche und das getrocknete Blut weg, das aus dem Fleisch für das Mittagessen auf den Boden getropft war. Und den übergeschwappten Wein von Tante Klára. Wir Kinder durften, wenn gekocht wurde, die Küche nicht betreten. Wenn eines von uns es doch versuchte, dann klopfte ihm Omi mit einem Löffel saurer Sahne auf den Kopf. Und dann musste man sich in dem fauligen, schäumenden und veralgten

Balaton die Haare waschen. Auf solche Schläge mit dem Löffel hatten wir keine Lust. Lieber spielten wir an dem Vormittag im Indianerzelt.

Eine Weile lasen wir. Dann durchforsteten wir die Landkarte der Uferregion nach einem Weg, der nach Zamárdi führte. Meine Cousins planten schon den ganzen Sommer ihre Flucht. Wenn das Wetter etwas kühler würde, gingen sie durch das Schilf. Sie wollten mit dem Schlauchboot in Richtung Keszthely paddeln. Von dort hinüber zum Kleinen Balaton. Dort lebe der Kormoran, der Seerabe, in großen Gruppen. Der Otter und die Rohrweihe. Sie nisteten im Schilf. Wo es Raubtiere gebe, dort gebe es auch Fische. Sie würden auf Zander gehen.

Aus dem Plan wurde natürlich nichts. Mich hätten sie sowieso nicht mitgenommen. Auch die kleineren Jungen wollten sie zu Hause lassen, und für die Mädchen gab es da angeblich zu viele Mücken. Die Wespen sind gefährlich, wenn die ihren Stachel in dich bohren, und die Bremsen saugen dir das Blut aus, solche Sachen sagten sie. An diesem warmen Tag, an dem man einen Hitzschlag hätte bekommen können, dachten sich meine Cousinen und ich ein neues Spiel aus, da uns das Durchforsten der Landkarte schnell langweilig wurde. Wir verbarrikadierten uns mit Kissen im Zelt, und ich war der neugeborene Säugling.

Ich erinnere mich gut an diese Szene. Wie sich meine Cousinen im Badezimmer am Wannenrand nackt ausgezogen und Sex hatten. Ich hatte sie beobachtet und erpresst, ich würde es der Großmutter erzählen, wenn sie mich nicht mitmachen ließen. So wurde ich das Baby. Wir krochen zum Eingang des Zeltes, machten es uns darin bequem, dann zogen wir den Reißverschluss zu.

Ich durfte es niemandem verraten. Dort drinnen zerrten sie mich fest an den Haaren und stopften mir ein Kissen in den Mund. Ich würde es nicht verraten, immer wieder musste ich das versprechen. Stundenlang streichelten sie einander, und mich stillten sie. Sie wechselten mein Kissen. Mit einem Stock stocherten sie in meinem Po. Bald darauf musste ich kacken, und das kam gerade recht, denn dann konnten sie mir die Windeln wechseln. Sie schmierten mich mit Cremes ein, meinen ganzen Hintern. Ich zitterte. Aber es war gut, dass sie mich mitmachen ließen, denn im Sommer davor hatten sie mich immer ausgeschlossen, ich saß halbe Tage allein auf den Stufen der Terrasse. Bei unserem Spiel vergaßen wir völlig, dass es auch Erwachsene gab, wir waren das. Ich wollte unbedingt erwachsen sein. Am nächsten Tag spielten wir wieder, doch da war schon alles anders, weil Tante Klára von der Matratze ins Krankenhaus nach Siófok gebracht worden war.

Tante Klára war die Mutter meiner ältesten Cousine. Sie grinste bloß, wenn sie am Eingang zu unserem Zelt vorbeiging. Ich glaube, es gefiel ihr, dass wir so lieb und leise spielten und sie keine Kopfschmerzen von uns bekam.

Denn sie litt unter Migräne. Doch sie ermahnte uns nie. Von den Erwachsenen mochten wir sie am liebsten. Sie gab meiner Cousine sogar Geld, damit sie allen ein Leo-Eis in der Bahnhofsgaststätte kaufte. Tante Klára mussten wir dann immer Unicum mitbringen. Wir rannten, mussten uns beeilen, denn waren wir nicht rechtzeitig am Ferienhaus, würde ihre Migräne schlimmer werden. Ich erinnere mich, oft hatte sie schon Gänsehaut, wenn wir endlich eintrafen. Mit zitternden Lippen trank sie den Unicum aus der Flasche. Dann lachte sie eine Weile schallend und rauchte ihre Zigaretten, eine nach der anderen. Tante Klára hatte stets einen Taschenaschenbecher bei sich.

Wenn wir sie darum baten, mit ihrer Matratze ein wenig beiseitezurücken, weil wir dort spielen wollten, zog sie ein Stück weiter und winkte mit ihrer Zigarette. Einmal ging sie total nackt los, selbst meine Eltern fanden sie nicht. Sie durchstöberten das Schilf. Meine Großmutter fluchte, dieses Scheißgesöff hat ihr den Verstand geraubt. Wir beneideten Tante Klára, sie musste wahnsinnig glücklich sein, dass sie einfach so weggehen konnte. Dass sie so frei sein durfte, machen konnte, was sie wollte. Wir dagegen konnten das nicht, oder nur sehr selten, weil Omi sonst mit uns schrie. Tante Klára lief den ganzen Tag wie eine Prinzessin die Uferstraßen entlang. Bis Onkel Laci sie in der Garage eines Bekannten fand. Er, seine Frau und meine Eltern begleiteten sie gemeinsam nach Hause. Als sie auf allen vieren am Ufer entlangkroch, ermahnten sie Tante

Klára, sie solle damit aufhören, und zum Glück war sie brav und ging in ihr Zimmer zum Schlafen.

Es kam aber auch vor, dass sie zusammengekauert vor dem Gartenzaun wimmerte. Mitten in der Nacht wachten wir davon auf, dass Tante Klára laut heulte. Meine Eltern packten sie rechts und links unterm Arm und brachten sie ins Bett. Man musste ihr ein paar Ohrfeigen verpassen, damit sie mit dem Geheule aufhörte. Als wäre es mir passiert, spürte ich die Schläge, mein Gesicht ist jetzt noch heiß. Es tat mir leid, dass Tante Klára so traurig war. Ich bin einsam, wo ist der Andris?, fragte sie. Ihre Augen waren wie aus Glas. Als hätte man das Gesicht ausgetauscht. Andris war nicht da, denn er hatte in Pest Sprechstunde. Es warteten viele Patienten auf ihn, die Krebskranken hatten Andris sehr gern. Arme Tante Klára, monatelang war sie ohne ihren Mann mit den Kindern am Balaton. Meine Großmutter schimpfte ständig mit ihr, sie liege nur faul herum. Sie aber müsse in einem fort kochen. Und wenn Tante Klára uns Arme Ritter zubereiten wollte, was wir liebten, dann brüllte Großmutter so lange, bis sie die Küche verließ, wie zum Henker eine Frau eine Gabel so in der Hand halten könne. Sogar beim Aufschlagen der Eier mache sie nur Dreck.

Tante Klára schimpfte nie mit uns, ganz im Gegenteil. Ihr gefiel unser Spiel, sie zwinkerte uns zu und trank ihr Bier. Ihren Wein oder Schnaps. Sie erlaubte uns, davon zu kosten. Ließ uns an der Zigarette ziehen. Sie hielt sie uns an den Mund und zündete sie an. Ich blies Rauchringe. Und Tante Klára lachte laut, ihre schönen Brüste bebten, Tante Klára war nämlich die schönste Frau in unserer Familie. Mich streichelte sie immer, warf auch einen Blick zwischen meine Beine, um nachzuschauen, ob alles in Ordnung sei. Und sie sagte, ich sei schön. Ein anderes Mal fragte sie, ob ich wisse, was das sei, ficken? Natürlich wusste ich es nicht. Leidenschaft, Freudenschreie, antwortete sie. Aber wonach du dich sehnst, das wird dir keiner geben, du wirst schon sehen. Ihre langen Eve-Zigaretten ließ sie sich von entfernten Verwandten aus Holland mitbringen. Jeden Sommer wappnete sie sich mit mehreren Stangen, so hielt sie den Herbst und die kalten Winter in der Budapester Innenstadt aus, wo sie einen abgetrennten Wohnungsteil bewohnten. Ihr Vater war Perückenmacher. Den ganzen Tag trieb er mit dem Pedal die Nähmaschine an, machte Privatgeschäfte. Tante Klára arbeitete nicht, weil sie drei Kinder zur Welt gebracht hatte. Das war Aufgabe genug. Nachdem sie ihre Kinder bekommen hatte, begann sie ein Leben im Nachthemd. Jahrelang lag sie den lieben langen Tag in der riesigen Diele auf dem Sofa und schob nur ihre Gläser hin und her. Sie lag herum, und die Kissen wurden ihr Zuhause.

Sie hatte Zahnmedizin studiert, mochte aber keinen Mundgeruch. Ich krame doch nicht anderen im Mund herum. Ihre Hände zitterten. Es kamen Österreicher, um sich die Zähne machen zu lassen. Schließlich blieben die Patienten aus, weil sie ihnen irgendwelche falschen Plomben gemacht hatte. Oft bohrte sie genervt daneben. Tante Klára wurde nervös, wenn sie arbeiten musste. Sie schwitzte, und es bedrückte sie. Tante Klára stinkt nach Schnaps, sagte meine Mutter. Das heißt, eigentlich sagte sie es nicht, sondern ich sage es jetzt, denn über Tante Kláras Sucht wurde nicht gesprochen. Ebenso wenig wie über ihre Tränen und ihr magisches Lachen.

Von ihr aus konnten wir an diesem besagten Tag spielen, was wir wollten. Dabei ließen wir später sogar den Kassettenrekorder dröhnen. Sie lag da und sonnte sich. Nahm hin und wieder einen Schluck aus ihrem Krug, auf den sie die Etiketten von Zigarettenmarken und ihre Kaugummis geklebt hatte. Sie las eine Illustrierte, informierte sich über die aktuelle Mode. Und als wir mit meiner Großmutter den Tisch gedeckt hatten, rief Omi vergebens nach ihr, sie lag weiter ausgestreckt und stumm da. Wir halfen gern, den Tisch zu decken. Wir liebten Backhähnchen und Omis silbernes Besteck, das sie während des Krieges vor den sowjetischen Soldaten gerettet hatte. Das erzählte sie bei jeder Suppe, wenn wir unsere Löffel anhoben.

Wir trugen die Suppe raus. Mein Vater und die anderen kamen vom Pfirsichpflücken zurück. Großvater sorgte sich etwas, ob seine Schwiegertochter wohl wieder ohnmächtig geworden sei, denn da sahen wir schon, dass Tante Klára sich nicht regte und auch nicht grinste, vielmehr fing sie an zu rülpsen, und die Brühe lief ihr aus dem Mund auf die Matratze, auf die Rüschen des Kissens. Wir hatten keine Ahnung, was da auf den gepflasterten Weg floss. In der Hitze zischte das, was sie aufgestoßen hatte, fast. Die Teller klapperten, es klirrte, wenn die Löffel an das Porzellan schlugen. Wir mussten so tun wie sonst auch, als lebte Tante Klára auf einem anderen Planeten. Wir verschlangen die kalte Pfirsichsuppe, während Tante Klára immer noch reglos dalag.

Plötzlich sagte mein Großvater, diese Klára sei wirklich in Ohnmacht gefallen. Wir Kinder aßen weiter, weil wir einen Bärenhunger hatten. Wir baten um den zweiten Gang, es war ja nicht das erste Mal, dass jemand Tante Klára ins Haus begleiten und hinlegen musste, und Opa war ziemlich stark. So wie mein Vater. Meine Eltern gingen zur Matratze. Die arme Tante Klára atmete nicht. Ihr Gesicht glühte. Als sie ihren Namen riefen, schlug sie zum Glück die Augen auf und sagte: Gebt mir eine Zigarette. Mein Vater holte ein Bier, das schütteten sie ihr zum Wachwerden ins Gesicht. Sie rüttelten sie, setzten sie auf. Dann gaben sie ihr einen Schnaps zu trinken, vielleicht käme sie so zu sich. Sie schleppten Tante Klára in ihr Zimmer, und sie schlief ein.

Wir aßen weiter zu Mittag, Tante Klára kam nicht. Am Nachmittag gingen wir ans Ufer. Spielten mit den Nachbarskindern. Köpften uns im Schlamm den Ball zu, zwei Stöcke waren das Tor. Danach jagten wir der Kati mit der

Krüppelhand und ihrer dürren Freundin aus Balatonsza-badi hinterher, weil sie uns während des Ballspielens die Handtücher geklaut hatten. Das Wasser des Balaton stand niedrig, seit Wochen hatte es keinen Regen mehr gegeben. Es waren Sandinseln entstanden, man konnte auf dem Wasser laufen. Um sieben setzten wir uns todmüde zum Abendessen an den Tisch. Als wir uns schon im Pyjama die Zähne putzten, sah ich, wie Omi in Tante Kláras Schlaf-zimmer ging. Sie schloss die Tür hinter sich, sie stritten. Tante Klára kam gebeugt heraus. In ihren Haaren hingen Kissenfedern, weil sie nicht nähen konnte und ihre Bett-wäsche voller Löcher war. Omi schickte uns aus dem Bade-zimmer. Sie ließ Tante Klára Wasser ein, dann sperrte sie die Tür zu, sie sollte sich waschen.

Wir schauten uns im Fernsehen die Gutenachtge-schichte an, es lief gerade *Pom Pom*. Ich erinnere mich gut, weil im Film noch keine Ferien waren und Pom Pom vor der Schule auf einem Ast sitzend auf Schleifchen wartete, als wir aus dem Badezimmer einen Schrei hörten. Groß-vater und meine Eltern kamen von der Terrasse hereinge-rannt. Alle liefen ins Bad. Tante Klára hatte sich regelrecht in einen Schakal verwandelt. Sie war klatschnass, zitterte. Nein und nochmals nein, ich gebe ihr nichts zu trinken, es reicht, sagte Omi immer wieder. Meine Mutter schickte uns auf die Terrasse und schaltete den Fernseher aus. Tante Klára röchelte. Die ist völlig durchgedreht, sagte mein Va-ter. Wir müssen einen Krankenwagen rufen. Tante Klára hat fürchterliche Schmerzen. Sie wird fast wahnsinnig, hält das nicht mehr aus. Das sagte er immer wieder.

Die Sanitäter kamen, wir mussten etwa eine halbe Stunde warten. Sie zogen sich ihre Handschuhe an, packten Tante Klára und brachten sie ins Wohnzimmer. Dort hielten sie ihr die Hände hinter dem Rücken zusammen, und sie bekam eine Spritze. Aus ihren zerzausten Haaren tropfte Wasser. Wir schauten von der Tür aus zu. Sie hatte sich ihr Gesicht, ihre Schenkel zerkratzt. Danach wurde Tante Klára mit Sirenengeheul ins Krankenhaus nach Siófok gebracht. Wir sahen sie eine ganze Woche nicht, nur meine Cousinen durften sie besuchen. Das machte mich traurig, denn auch ich hätte sie gern gesehen. Vor allem, weil sie sagten, sie sei wieder gesund. Aber Omi erlaubte es mir nicht, das wäre nicht moralisch, mein Kind. Das ist nichts für dich, der Anblick dieser kranken, verrückten Frau. Mit solchen Sachen belog sie mich.

DIE
FLUGBEGLEITERIN

Die Zwillinge wohnten am Ende der Straße, am Fenster ihres Zimmers hing eine blaue Übergardine, die sie tagsüber oft zuzogen, um mit der Taschenlampe zu spielen. Zwei Jungen, doch der eine sah wie ein Mädchen aus und hielt sich auch für eins. In der Sportstunde standen sie ganz vorne in der Reihe, mit ihren dünnen, schlaksigen Körpern machten sie eine ziemlich unbeholfene Figur. Viele hatten Respekt vor ihnen, im Ballweitwurf waren sie die Besten der ganzen Schule, auch die Leichtathletik-Wettkämpfe gewannen immer sie, der eine trug rote Jeans, und der andere hatte sich sein Ohr mit einer Nadel an mehreren Stellen durchgestochen, damit er sich schwarzen Modeschmuck in die Löcher stecken konnte.

Morgens kamen die Zwillinge mit dem Rad. Mit Crossbikes, damals war das eine große Sache, nur sie hatten solche Räder im gesamten siebten Jahrgang. Es kam vor, dass sie zur ersten Stunde nicht erschienen, häufig fehlten oder von ihrer Mutter mitten im Unterricht abgeholt wurden, weil sie eine Arbeit hatte, bei der sie es manchmal nicht anders einrichten konnte, um ihre Kinder zu sehen. Sie erzählten, sie fliege viel. Würde auf dem Budapester Flughafen arbeiten. Dreimal wöchentlich, oft in der Nacht, reise sie in eine andere Stadt, nach Rom, Madrid und Moskau, Tiflis und Minsk, zählten die Zwillinge auf, doch ihre Augen strahlten nicht, sie senkten eher den Blick, wenn sie erklärten, dass das Taxi ihre Mutter im Morgengrauen zum Flughafen bringe. Und auch das musste man ihnen aus der Nase ziehen. Auf die Fragen des Klassenlehrers antworteten sie unwillig. Wenn sie sich verspäteten, drohte er ihnen meist mit einem Verweis. Einen Eintrag bekamen sie dann doch nicht, denn mit ihren sportlichen Leistungen polierten sie ihre ansonsten recht düstere Situation ordentlich auf. Immer wieder sagten sie, dass ihre Mutter sie morgens nicht geweckt hätte und dass sie auch nur dienstags und freitags ein Pausenbrot bekämen, wenn sie bei ihren Großeltern schliefen. Sie bedient die Passagiere mit einem Servierwagen, auf Russisch und Englisch!, und wirklich, die Mutter der Zwillinge war die hübscheste Mama der Klasse. Sie hatte einen tadellosen Geschmack, trug Kostüme und hochhackige Stiefeletten, einen Wollhut mit breiter Krempe und bestickte Perlonstrumpfhosen. Und das, obwohl man einzig und allein bei Konsumex in der Innenstadt bunte Mäntel und Maßschuhe bekommen konnte. Wegen der ständigen Verspätungen bestellte der Direktor die Eltern schließlich in die Schule, und sie kamen auch. Die

Zwillinge durften dann aber doch in der Klasse bleiben, und in den Fächern, in denen sie ungenügende Noten hatten, legten sie am Ende des Sommers eine Versetzungsprüfung ab.

Den Füller und den Bleistift holten sie im Unterricht aus einem bunten, neonfarbenen Mäppchen hervor, sie hatten duftende, leuchtende Radiergummis und einen vierfarbigen Rotring-Kugelschreiber. Am meisten freuten sie sich auf ihren Geburtstag. Ihre Großmutter backte immer zwei Torten, und auf beiden brannten gleich viele Kerzen, die sie dann auf einmal auspusteten. Sie mussten so sehr lachen, dass sie die Flammen schließlich mit ihrer Spucke löschten, sie prusteten, und die Textiltapete des riesigen Esszimmers wurde mit Spritzern gesprenkelt, der Rotz floss ihnen aus der Nase. Die Gäste klatschten! Die Oma holte einen Schwamm und wischte auf. Die Mädchen kreischten vor Freude. Das waren immer aufregende Partys. Schokoladentorte mit Kirschen im Winter, so etwas bekamen nur die Zwillinge. Ihre Mutter hatte keine Zeit, sie verschwand für Wochen, meistens veranstalteten sie ihre Geburtstagsparty im Haus der Großeltern. Die ganze Klasse wurde eingeladen, aber es gingen nur wenige hin, denn die Zwillinge waren Ende Dezember geboren, und zu dieser Zeit fuhren viele aufs Land.

Nach der Torte zogen sich die Großeltern zurück. Die Großmutter strich den Geburtstagskindern über den Kopf, gab jedem ein Küsschen, stellte Salzstangen und Popcorn auf den Couchtisch im Wohnzimmer und erlaubte den Zwillingen, die Lautstärke ihres neuen Kassettenrekorders aufzudrehen. Sie hatten ihn gerade erst ausgepackt, er war ein Geschenk ihrer Eltern. Sie musterten den Rekorder von allen Seiten, strichen mit der Hand darüber, jeder durfte mal an den Knöpfen drehen. Rote Lichter flackerten auf. Ein japanisches Gerät, Doppelkassettenrekorder, mit zwei Lautsprechern. Danach holten sie aus einer Plastiktüte Kassetten hervor, die sie von zu Hause mitgebracht hatten, es gab einen kurzen Wortwechsel, mit wessen Liedern die Party beginnen sollte. Doch der Ärger wegen der Meinungsverschiedenheit verflog rasch, und sie legten schließlich Falco ein. Es folgten Duran Duran, Depeche Mode und immer wieder *Jeanny* von Falco, das Lied über das vergewaltigte Mädchen, das war der Hit. Immer wieder dieselben Lieder, dann noch Hungária und Elvis, schnelle Musik, darauf konnte man gut tanzen, schwitzend und keuchend. Die Großeltern waren unterdessen in ein anderes Zimmer gegangen, weil eine neue Episode ihrer Lieblingsserie anfing, sie hatten einen Farbfernseher, es kam *Derrick* aus München, nie ließen sie auch nur eine Folge aus. An diesem Punkt gerieten die Geburtstagspartys meist außer Kontrolle.

Die Mitte des Zimmers wurde frei geräumt, die Zwillinge begannen zu tanzen, taten so, als seien sie ein Pärchen, und küssten sich, woraufhin die Mädchen aus der Klasse begeistert in die Hände klatschten. Einige sprangen von den Sesseln auf, setzten sich aufgeregt an den Rand des Teppichs und sangen, doch aus dem Gesang wurde bald Geschrei, aus dem Geschrei Gebrüll, sie forderten, was die Zwillinge noch alles machen sollten. Alle Augen waren gebannt auf sie gerichtet. Einige zündeten sich sogar eine Zigarette an, um den Rauch in ihre Richtung zu pusten, so wurde das alles noch geheimnisvoller, noch aufregender. Der Zwilling, der das Mädchen spielte, ging in die Hocke, rhythmisch immer tiefer, und drückte die Stirn gegen die Hose seines Bruders. Er tat so, als wäre es etwas Bedeutsames, was er machte, er lachte stöhnend, zog die Augenbrauen hoch und wischte sich danach über die Stirn. Ich bin für einen Moment ohnmächtig geworden, sagte er, als er sich aufrappelte, den Rest könnt ihr euch ja denken, er zwinkerte. Alle hatten neugierig zugesehen, waren aber doch froh, ja, erleichtert, dass es zu Ende war, die Kassette war abgelaufen, es wurde plötzlich still. Es folgte der Höhepunkt des Geburtstags, präsentiert auf dem Perserteppich. Der eine Zwilling legte sich auf den Bauch, der andere mit dem Rücken auf ihn, sie verschränkten die Arme, und der unten Liegende versuchte mit aller Kraft, nach oben zu gelangen, gewonnen hatte, wer sich aus der Fesselung befreien konnte. Das Gerangel dauerte nur ein paar Sekunden. Sie zählten – eins, zwei, drei –, und da konnte man schon aus dem Nachbarzimmer hören, dass *Derrick* zu Ende war. Der Soundtrack lief, die Aufzählung des Stabs im Abspann, der Täter war gefasst, ein BMW fuhr hupend davon. Die Großeltern erhoben sich aus ihren Sesseln, stöhnten etwas dabei, schlüpften in ihre Pantoffeln und kamen, um nachzuschauen, ob sich die Kinder auch wohlfühlten.

Als die achte Klasse begann, war der September ungewohnt kalt. Der Regen prasselte gegen die Fenster der Plattenbauschule, die Pioniere betraten den Klassensaal klatschnass, mit Regenjacke und Halstuch. Es geschah am Tag der Bewaffneten Organe. Die Zwillinge waren nicht zur Schule gekommen, der Klassendienst wollte gerade melden, wer fehlte, als es an der Tür zum Klassenzimmer klopfte. Da stand ihr Vater, im Regenmantel, mit glänzenden, braunen Schuhen. Es war Klassenlehrerstunde, daher bat ihn der Lehrer zuvorkommend einzutreten, sie hatten es vermutlich im Vorfeld besprochen, denn man sah, dass ihn das Klopfen überhaupt nicht überrascht hatte. Kinder, ich will euch zusammen mit dem Vater der Zwillinge eine wichtige Sache erzählen. Ich habe ihn hierher gebeten, und er ist heute deswegen nicht ins Ministerium zur Arbeit gegangen, um euch zu sagen, dass die Jungs nicht mehr kommen werden. Bitte sehr, er übergab das Wort an den Vater, der sich mehrmals räuspern musste, kaum Stimme hatte, doch dann teilte er der Klasse routiniert, wie jemand, der ständig Reden hält, kühl und sachlich die Einzelheiten mit. Sie würden die Schule in einer anderen Stadt fortsetzen, aus familiären Gründen, so wäre es für alle besser. Und dass er gar nicht um den heißen Brei herumreden wolle, denn er sei immer geradeheraus, deshalb erzähle er uns auch: Das alles sei wegen seiner Frau, worüber er nur recht schwer hinwegkomme, die gemeinsame Zukunft und das gemeinsame Leben stießen eben auf Hindernisse, doch den Kindern wolle er die allerbesten Voraussetzungen zum Lernen bieten. Der Klassenlehrer bedankte sich für seine Aufrichtigkeit, der Vater wünschte der ganzen Schule ein schönes, erfolgreiches Schuljahr und ging.

Stumm saß die Klasse da, niemand dachte, dass hinter der Sache ein großes Geheimnis steckte, jeder wusste einfach: Der Vater log. Er hatte nie zu Hause übernachtet, seit Jahren lebte er mit einer anderen Frau zusammen, nur dass das Leben von Scheidungskindern eben schwerer war und sich Eltern mit der Scheidung häufig auch selbst Steine in den Weg legten, was ihre Karriere betraf, deshalb war es bislang wohl für jeden besser so gewesen. Als er hinausgegangen war, saß die Klasse lange schweigend da. Dann beschäftigte sie sich wieder mit etwas ganz anderem.

Aber es wurde in der Schule noch monatelang über die Zwillinge getuschelt. Es hieß, ihre Mutter hätte in einer Nacht zu viele Medikamente genommen, am Morgen hatten die Kinder sie im Badezimmer gefunden. Zusammengekauert lag sie in der Wanne. Sie hatte den Wasserhahn nicht mehr aufdrehen können. Ihren nackten, ausgekühlten Körper brachten die Sanitäter ins Krankenhaus. Die Zwillinge blieben zu Hause, schließlich entschied die Familie, sie nach Keszthely auf ein Internat zu schicken. Ihre

Großmutter erledigte das innerhalb einiger Wochen, sie war es auch, die ihre Mutter regelmäßig im Krankenhaus besuchte. Jahrelang hatten sie am Balaton Urlaub gemacht, deshalb dachten sie, Keszthely sei der weltbeste Ort. Sie verbrachten die Sommerferien im Ferienheim des Ministeriums, gingen segeln, schwimmen und angelten am Hafen, waren jede Minute der zwei Wochen mit ihrer Mutter zusammen. Die Eltern hätten sich mittlerweile scheiden lassen, ihr Vater habe eine neue Frau, das war alles, was der Klassenlehrer bei der Zeugnisausgabe nach dem ersten Halbjahr erzählte. Die Schulbank der Zwillinge blieb endgültig leer.

DER ZEICHNER

Das Gerücht machte die Runde, man habe dem Zeichner seine Tasche gestohlen. Niemand weiß, wie groß sein Vermögen war, und es ist schwer aufzudecken, was wirklich passiert ist.

Der Zeichner sieht genauso aus wie der Bademeister. Breite Schultern, lange Storchenbeine. Seine Hose ist abgewetzt, fleckig und ständig nass. Der Bademeister, der den ganzen Tag mit einem Walkman im Schoß auf seinem Frotteehandtuch dasitzt, ist ein schweigsamer Mann. Selbst wenn jemand gerettet werden muss, bläst er nicht in seine Pfeife. Er rennt zu den Steinen am Ufer, macht einen Kopfsprung und ist schon bei dem strampelnden Opfer, versetzt ihm einen fachgerechten Schlag auf den Kopf und zieht es dann, indem er es am Nacken packt, ans Ufer. Er zerrt es am Steg hinaus, legt es auf die Steine und macht eine Mund-zu-Mund-Beatmung.

Das Opfer ist diesmal ein junges Mädchen, es würgt. Das Gesicht ist von roten Flecken übersät, der Mund blau.

Sie ist jenseits der Boje zu weit hinausgetrieben und von der Luftmatratze gerutscht. Mit ihrem kleinen Bruder ist sie auf den See hinausgeschwommen, ihr Bruder konnte schwimmen, er rief nach Hilfe. Das Mädchen kommt zu sich, die Eltern bringen es zum Notarzt. Immer dasselbe.

Die Sonne brennt. Der Strand gerät ins Taumeln. Es dreht sich die ganze Welt, als würden einen Tausende heißer Nadeln in die Haut stechen, das Wasser regt sich nicht.

Der Bademeister vergisst natürlich wie immer, ein Protokoll anzufertigen. Er sitzt weiter auf dem mit einem Handtuch bedeckten Stuhl, zieht die Beine unter sich. Seine Badelatschen klemmt er zwischen die Bretter und beobachtet stumm, was vor sich geht. Mit geschlossenen Augen, vor sich hin dösend, achtet er auf die Geräusche. Eine reglose, nach Haut riechende, nach Sonnenöl duftende Hitze. Er schreckt plötzlich hoch, schnipst mit dem Fingernagel gegen das Glas des Walkmans, dann spult er weiter. Er drückt die Knöpfe. Spult erst schnell, dann langsam. Er will noch mal dasselbe Lied hören, zu dem er am Abend zuvor mit dem Mädchen unter der blinkenden Discokugel getanzt hat. Er setzt sich die Schaumstoffpolster auf die Ohren, hört Musik.

In letzter Zeit ist auch der Zeichner häufiger am Strand zu sehen. Mit leicht gebeugtem Rücken überquert er ihn in Richtung Hafen. Unterm Arm die Zeichentafel, der Campingstuhl, in der anderen Hand seine längliche, braun-gelb gestreifte Senior-Sporttasche. Alles hat er bei sich. Am Schilf bleibt er stehen. Schaut vor sich hin. Betrachtet die Silbermöwen, der Haubentaucher ist sein Lieblingsvogel. Die Form des Vogels, seine Kontur hat er im Kopf. Die Haubentaucher verändern ihre Farbe, je nachdem, wie viel Dunst aus dem Wasser aufsteigt. Aus welcher Richtung die Wellen kommen. Der Zeichner legt sich seine Buntstifte zurecht. Zieht die erste Linie. Manchmal berührt er das Papier kaum. Lässt die Linien schwach aufscheinen. Schattiert. Balatonfüred ist ein weißer Nebelfleck, der Vogel drei goldbraune Streifen. Er wartet, bis die Drosselrohrsänger auftauchen, dann geht er weiter. Der Rohrsänger ist oft unsichtbar, versteckt sich im Schilf zwischen den Halmen. Der Zeichner hat Glück, wenn er sich zeigt.

Neben der Runden Kirche schlägt er sein Lager auf. Hier sitzt er meist den ganzen Tag. Ein länglicher Schatten kriecht von der Kuppel bis zu den Bänken. Am Nachmittag würde ihn die Laubkrone der Kastanie schützen. Er klappt seinen Campingstuhl auf. Danach den Hocker, auf dem das Modell sitzen wird. Seit Wochen quälen ihn Fieberträume, deshalb hält er auch jetzt inne. Hoppla, ein leichter Schwindel, er hat das Gefühl, die Staffelei nicht aufstellen zu können. Er wird das hier heute nicht schaffen. Dabei wäre es so wichtig. Er muss es schaffen. Wieder haben sie in der Unterkunft Kopf an Fuß geschlafen. Zu dritt in einem Bett, im Schuppen, oben auf dem Weinberg. Bei der Vermieterin, einer alten Frau, hat die ganze Nacht der

Fernseher geplärrt, sie hat sich die Talentshow angesehen und dabei freudig in die Hände geklatscht.

Er setzt sich, lässt ein paar Minuten verstreichen. Gleich ist alles in Ordnung. Es wird schon gehen, das Ganze lohnt sich wirklich, er muss es schaffen. Es wird klappen, und dann kann er endlich das Land verlassen.

Er fegt den Dreck vom Vortag weg. Wischt die Rotweinflecken ab. Stellt sich ein kaltes Bier neben den Stuhl. Setzt sich seine zerknitterte Anglermütze auf, nach der er seine ganze Tasche durchwühlen muss. Anstecker von Motörhead und Nena. Er hat sie sich von einem Pärchen, das er gern zeichnet, aus München mitbringen lassen. Die beiden geben ihm immer viel Trinkgeld. Es kommen Holländer, Dänen, Engländer. Einmal hat er eine lange Holzpfeife von einem amerikanischen Indianer bekommen. Die liegt seitdem in seiner Tasche, neben den Geldbündeln, seinem gehüteten Schatz. Auch Türken wollen manchmal ein Porträt haben. Ukrainer. Polen, die Strümpfe und Socken vor der Jókai-Villa verkaufen. Die feilschen immer. Wenn ihm Zeit bleibt, zeichnet er die vollbusigen Slawinnen in ihren Strickjacken. Das muss man einfach gesehen haben, wie sie innerhalb von zwei Minuten bis zum Schilf rennen, wenn die Gewerbeaufsicht auf dem Fahrrad kommt.

Er zeichnet jeden, der ein Bild bei ihm bestellt. Länger als zwölf Minuten arbeitet er nie, das ist die goldene Regel. Sie ist wie der Goldene Schnitt, man muss die Zeit berechnen, so lange halten die Leute durch. Länger hält selbst ein

Gaul es nicht an einem Fleck aus, noch dazu reglos. Nicht einmal bei Windstille. Sogar die Katzen haben es irgendwann satt, wenn sie jemand ständig beobachtet. Es gibt einen Typen, auch wenn der schon seit zwei Jahren nicht mehr gekommen ist, den er dreimal gezeichnet hat. Mit weißem Gesicht, nach dem Sonnen dann schwarz, später als Karikatur. Mit lang gezogener Stirn, mal mit einer Dose Cola, mal mit der Abtei von Tihany im Hintergrund. Er bezahlte mit Westmark. Der Zeichner sortierte die Geldscheine akkurat und verstaute sie sorgfältig in die Geheimtaschen zu den anderen.

Die Verwandlung des Zeichners dauert alles in allem zehn Minuten. Er zieht sogar ein Sakko an, Maler wirken im Sakko einfach authentischer. Aus bordeauxrotem Samt, wie die Gymnasiasten in der Budapester Innenstadt, die Tandori-Gedichte lesen und die Songs des Liedermachers Tamás Cseh summen. An den Füßen Lederschlappen, seine Ferse hängt hinten runter. Aber gerade das macht ihn zum Zeichner, zu einem, der viel Trinkgeld bekommt. Mit Schal um den Hals. Mit Ansteckern.

Nacheinander klemmt er die in Prospekthüllen steckenden Porträts fest. Kohlezeichnungen von Tom und Jerry, von Kraftwerk. Die Toten Hosen und die schiefen Porträts von Thomas Anders. Boris Becker, Harald Schumacher, der Torwart. Beckenbauer, Puskás, Törőcsik. AC/DC und Rózsi, der Schlagersänger, die Bikini-Band und Krisztina Egerszegi. Als Letztes kommt der in einer zerrissenen Hülle steckende David Bowie zum Vorschein. Sein grünes Auge wie eine Traube aus Badacsony. Das Bild wollte noch nie jemand haben. Jetzt im Sommer gehen eher Monchichi, Mickey Mouse und der Jackson gut weg.

Der Zeichner schwitzt, er wischt sich das Gesicht ab. In seinem Fiebertraum hat man ihm wieder sein ganzes Geld geklaut. Am Morgen findet er dann seine Tasche mal leer im Gestrüpp, mal im Balaton treibend. Seit Wochen überlegt er schon, wo er sie verstecken könnte, während er zeichnet. Sie ist vollgestopft. Alle Innentaschen sind voll mit Valuta. Am Ende kommt er immer zu dem Schluss, dass es am besten ist, wenn er sie bei sich hat. Die Tasche bleibt in der Entfernung von einem Meter, nur eine Armlänge weit weg, damit er nach ihr greifen kann. Damit er sie sich schnappen und demjenigen die Hand brechen, ihn niedertrampeln und zu Boden schlagen kann, der es wagt, sie anzurühren.

Den Campingstuhl lehnt er an den Blumenkasten aus Beton, in dem sich seit Jahren nur Erde und ein paar Regenwürmer befinden. Auch seine Tasche stellt er hier ab. Wenn er zeichnet, berührt er sie hin und wieder, überprüft, ob sie noch da ist. Mit dem Fuß, dem großen Zeh. So hat sie genau Platz neben ihm. Wenn ihn viele umringen, nimmt er sie mit einer einzigen schnellen Bewegung zwischen die Beine. Jetzt kommt ihm aber doch in den Sinn, lieber eine verschließbare Kabine zu mieten und sie dort unterzubringen, um sie nicht den ganzen Tag in der Hitze festhalten zu müssen. Überhaupt hat er schon Albträume deswegen. Er denkt, er ist zu auffällig, wird beobachtet. Im Radio hat man einen Hitzerekord angekündigt. Er bittet also den anderen Zeichner, auf seinen Kram aufzupassen, solange er schnell zum Strand geht.

Das Mädchen von gestern Abend, aus der Disco, der Bademeister führt es in eine Kabine. Er drückt es an die Wand. Das Gesicht des Mädchens ist wie versteinert, sie zittert. Erschrocken starrt sie auf den Boden, der Typ ist verrückt geworden.

Hast du den Verstand verloren? Seine Augen sind grün, sie glänzen, als wären sie aus Glas, stechen, wie ein Messer sticht. Das ist nicht der Typ von gestern. In der Disco waren seine Hände weich, seine Schultern breit und warm, zurückhaltend verführerisch. Sie muss überleben, diese Gewalt irgendwie überleben.

Wir hauen ab, verstehst du? Klar? Jetzt hört das Mädchen zum ersten Mal seine dünne, fiepsige Stimme. Als sie sich in der Nacht kennenlernten, redeten sie beim Tanzen kein Wort miteinander. Draußen hatten sie geknutscht, und das Mädchen war ohne ein Wort weggerannt. Sie hatte zu viel Sekt getrunken. Sie wollte ihn sehen, ja, als sie heute Nachmittag an den Strand ging, fiel ihr der junge Mann wieder ein. Sie wollte ihn. Dachte daran, dass er vielleicht in seinem Hochstuhl sitzt. Sie hatte ihn sich schon davor ausgeguckt, er gefiel ihr seit Langem. Aber jetzt ist sie erschrocken. Das ist kein Lebensretter, der könnte töten.

Er stößt sie und zerrt an ihr. Drückt seine Augen an ihre Lippen. Er stinkt, riecht nach Schwefel. Verlangt, dass sie ihm antwortet, doch das Mädchen ist stumm. Sie ist erstarrt. Kein Ton kommt aus ihrer Kehle. Es ist, als hätte sie keinen Körper mehr.

Das Mädchen macht vor Angst unter sich. Der Urin rinnt ihr über die Schenkel und Füße auf die Steinplatten. Als wäre das gar nicht sie.

Der Bademeister packt sie. Seine Hände hinterlassen Spuren an ihren Handgelenken.

Du willst es doch auch, oder?

Was verdammte Scheiße willst du, hast du den Verstand verloren?

Nachmittags um zwei Uhr fünf hatte der Bademeister die braune Sporttasche entdeckt. Er hatte sich gerade eine Cola geholt. Zufällig war sein Blick auf die Kabinen gefallen. Bei einer stand die Tür offen. Sie musste aufgebrochen worden sein. In der Kabine lag eine Tasche auf dem Boden, zerrissen, zertrampelt. Er ging hin, um sie in den Müll zu werfen. Eine zylinderförmige Tasche, die Henkel abgerissen, sie wurde anscheinend jahrelang benutzt. Im Fundbüro würde man sie gar nicht mehr entgegennehmen. Bevor er sie wegwarf, schaute er in die Seitentasche, er schaffte es kaum, sie zu öffnen, so kaputt war der Reißverschluss. Schließlich riss er sie auf, sie war voller zerknitterter Geldscheine.

Das Mädchen kreischt, sie hält es nicht länger aus, wie der Mann sie festhält. Sie will nirgendwohin abhauen. Vergeblich sagt sie ihm das. Mit schwacher Stimme. Der Bademeister sieht sie an wie ein Wahnsinniger. Als stünde die Welt kopf. Um seine Augen herum graue Flecken. Die Stirn rot. Er würgt sie, schlägt ihr auf den Rücken, drückt sie an die Wand. Bricht ihr die Nase, als er sie an die Kabinentür stößt. Das Mädchen sackt in sich zusammen.

Es muss jemand angerufen haben. Die Polizei kommt. Sie drehen eine Runde. Lassen sich von den Badegästen die Papiere zeigen, verhören ein paar Zeugen. Die Mitarbeiter des Strandbads fragen sie der Reihe nach aus. Sie fotografieren und nehmen die Einzelheiten mit einem Diktafon auf.

Am Nachmittag sind die Pflastersteine am Ufer ganz heiß, im Hafen lungert kaum jemand herum, der Zeichner fächelt sich Wind zu. Sein Gesicht ist rot, er sitzt allein da, in sich zusammengesunken. Sein ganzer Verdienst ist dahin, weil er nicht gesagt hat, dass das seine Tasche war. Voll mit Valuta. Wie bescheuert ist er doch gewesen, sie in eine Kabine einzuschließen. Dabei hat er sie ganz obenhin gestellt, damit man sie nicht sehen konnte, sogar mit einem Handtuch zugedeckt, darunter die Turnschuhe und eine nasse Badehose. Die anderen hatten ihn gewarnt, dass man sogar aus den Kabinen klaue. Warum hatte er nur geglaubt, ihm könnte das nicht passieren. Er zieht sich an die Mauer der Runden Kirche zurück. Seine Hände schwitzen, er wartet darauf, dass vielleicht jemand Verlangen nach einem Porträt hat und es in Auftrag gibt. Niemand kommt. Alle gaffen sie am Strand. Die Leute erzählen sich, was passiert ist, oder schlagen den Weg in Richtung Segelhafen ein. Um diese Uhrzeit laufen die Disco-Schiffe für die Nachmittagsfahrt aus. Aus dem Hotel Marina kommt eine Gruppe, sie nähert sich ihm. Ein Hoffnungsschimmer. Ja, sie sind eindeutig zu ihm unterwegs. Dänen, der Zeichner erkennt das sofort. Ihre Gesichter sind von der sengenden Sonne ganz rot, und ihre lachsfarbenen Rücken schälen sich in großen Flecken.

FROST

Feri Kovács hatte überlegt, dem Direktor noch vor Weihnachten zu sagen, dass er kündigen würde. Er hatte seine Gründe. Herr Kovács war in etwas verstrickt, bei dem er es für besser hielt, es käme erst ans Tageslicht, wenn er nicht mehr da wäre. Oder es käme überhaupt nicht ans Tageslicht, obwohl das recht unwahrscheinlich schien. Bis jetzt hatten ihn die anderen gemocht. Keiner hatte ihn für einen Feigling gehalten, ganz im Gegenteil. Herr Kovács nahm an den Leistungswanderungen teil, beteiligte sich aktiv in der Pionierbewegung. Er war Physiklehrer, war bei der Notenvergabe weitgehend gerecht, im Sommer organisierte er für die Sportler, die gute Noten hatten, mehrwöchige Überlebenscamps an der Donau, er mochte die Wassersportarten, das Kochen im Freien und schlief gern bei strömendem Regen im Zelt. Immer hatte er Ideen, ein paar nette Worte für jeden, scheinbar war diese kleine Truppe sein Ein und Alles, denn er lebte ohne Familie. Unter den Mädchen hatte er ein paar Lieblinge, sie begleitete er an den Wochenenden zu den Bezirksmeisterschaften im Handball. Der Sportlehrer und er suchten immer dieselben für die Meisterschaften aus, sie spielten ganz erfolgreich. Fuchs nannten ihn seine Lieblingsschüler. Quer über seiner Stirn verlief eine kleine Furche, seine Augenbrauen schoben sich arglistig auf die schmalen Lider. Fuchs erlaubte es ihnen, ihn so zu nennen, machte sich mit ihnen gemein. Aber nur vor den Spielen und in der Umkleide. Auch an den kommunistischen Samstagen verzog er keine Miene, half nach den Papiersammel-Wettbewerben aufzuräumen. Er brachte eine Kaffeemaschine mit, Medizinbälle, Trikots, transportierte die Sachen mit dem Taxi. Wenn es sein musste, bezahlte er es aus eigener Tasche. Als Klassenlehrer drückte er sich auch nicht vor den Familienbesuchen, dabei waren die allen anderen Lehrern verhasst.

Jetzt hielt er es dennoch für besser, sich zu verdrücken, bevor es zum Skandal kam. Der Direktor konnte nichts machen. Wollte es aber auch nicht. Er löste Konflikte lieber auf bequeme Weise. Es sollte nur nicht ans Tageslicht kommen, wenn etwas passiert war, und es gab eben Regeln, die einzuhalten waren. Die wichtigste Regel war natürlich, dass das Gerede von den Übergriffen möglichst innerhalb der vier Wände der Schule blieb. Auch wenn er etwas ahnte, verscheuchte er diesen Gedanken sofort. Feri Kovács war ein rechtschaffener Kerl. Einer vom Land. So etwas konnte vorkommen, er lebte allein. Wer hatte es gesehen? Niemand. Es gab keinen Beweis. Warum sollte er ihn zur Rede stellen?

Diese Flittchen hatten es doch faustdick hinter den Ohren. Wenn es passiert war, war es auch nicht weiter schlimm, das Beste wäre, wenn Feri wirklich ginge. Er gab ihm seine Gehaltsabrechnung, sein Arbeitsbuch würde man ihm mit der Post zuschicken, sagte er und klopfte Feri auf die Schulter. Die in der Provinzschule werden sich freuen, dass sie dich bekommen, da werden sie dich auch mögen. Sie gaben sich die Hand. Feri Kovács kündigte am 20. Dezember, am Vortag hatte er schon alle seine Sachen gepackt. Von der Schule war er geradewegs zum Bahnhof gegangen. Er verschwand einfach.

Ein Jahr später sahen wir ihn im Hafen von Fonyód. Es wehte ein kalter, eisiger Wind, die Flügel der Vögel glänzten vom Fett, der See war zugefroren. Zuerst waren wir unsicher, ob er es war, dünn war er geworden, rauchte eine Zigarette nach der anderen.

Nach Fonyód waren wir wegen des Trainingslagers gekommen. Angéla, meine Freundin, wollte um jeden Preis raus aus dem versmogten Budapest. Die Trainingslager im Winter seien keine Pflicht, nur die dürften mit, deren Eltern und Schule es zuließen. Die Lager seien eine Vorbereitung auf die Jugendmeisterschaften, nur die Besten könnten mit. Monatelang hörten wir uns das an. Wir konnten es kaum erwarten, dass unser Trainer, Herr Fenyő, uns in die Mannschaft aufnahm. Es war gut, dem Tannenfest zu entfliehen, statt auf den Weihnachtsmann zu warten, zu verreisen. Wir hassten es, zu wichteln, hassten es, unseren Feinden in der Klasse eine Freude machen zu müssen. Wem machte diese Kling-Glöckchen-Scheinheiligkeit schon Spaß? Meine Geschwister nahmen an den Krippenspielen teil, meine Mutter und die Omi waren mit den Hirtenkostümen beschäftigt, deshalb ließen sie mich einfach gehen. Angéla und ich betraten mit dem Freistellungsantrag des Vereins das Lehrerzimmer. Der Direx war stolz, dass wir in die Mannschaft aufgenommen worden waren. Also Mädels, ihr wisst, wo's langgeht, fügte er wichtigtuerisch hinzu, ich hoffe, ihr werdet die Aufgabe meistern. Dann verzog er den Mund unter seinem Schnauzer und zwinkerte uns zu. Wir bekamen unsere Genehmigung.

Er kam uns dort am Hafen entgegen. Führte seinen Hund Gassi. Nach dem Training am Vormittag waren wir zum See gegangen, Schlittschuhlaufen. Die Steine waren in ein Eisgewand gehüllt. Der Schnee bildete weiße Flecken auf dem Eis, auch die Strömung der Wellen war zu sehen. Wenn bei Frost eine leichte Brise wehte, wurde das Eis wellig. Tief über den See hatte sich Nebel niedergelassen. Er ballte sich zusammen, von Minute zu Minute konnte man mitverfolgen, wie der Eisspiegel verschwand und der Horizont in Dickmilch versank. Wir zogen die vor Kälte steifen Schlittschuhe an und versuchten über das holprige Eis zu gleiten, die Schneeflecken zu umfahren.

Die Gestalt mit dem Vorstehhund beobachtete uns von Weitem. Manchmal warf der Mann dem Hund einen Stock, den dieser zu schnell zurückbrachte, ziemlich lustlos warf er ihn erneut, dazu musste er den Handschuh ausziehen, die Finger froren ihm fast ab. Der Mann beobachtete uns unablässig. Er stand da und hielt nach uns Ausschau. Zündete sich eine Zigarette an. Qualmte wie ein Schlot. Sogar im Nebel war zu sehen, wie die Rauchwolke aus seinem Mund quoll. Dann war er es leid. Oder hatte es sich anders überlegt. Er machte kehrt und schlug den Weg in Richtung der Ferienhäuser ein.

Er ist es! Ach, du Scheiße!, sagte Angéla aufgeregt. Wer?, ich verstand nicht. Was sucht der hier im Winter, bei den ausgestorbenen Datschen? Das Gesicht meiner Freundin wurde ganz rot, sie war aufgewühlt. Dem Fuchs ist der Hühnerstall anvertraut worden, und jetzt ist er hierher geflohen.

Angéla zog schnell die Schlittschuhe aus. Sie beachtete mich nicht mehr. Wir hefteten uns an ihn wie zwei Kletten! Verstehst du? Sie wartete meine Antwort gar nicht ab. Los, ihm nach!

Die unerwartete Begegnung versetzte sie vollkommen in Aufruhr. Ich stapfte ihr hinterher, hatte keine Wahl.

Wir gingen vorsichtig, der Gehweg war rutschig, breiig. Immer wieder blieben meine Freundin und ich etwas zurück, dann rannten wir erneut ein Stück. Ich versuchte, mir den Weg zu merken. So ein Schwein, so ein Dreckskerl! Meine Freundin warf mit Beschimpfungen um sich, ich kann mich gar nicht mehr erinnern, was sie alles von sich gab, während wir rannten. Manches verstand ich auch nicht, weil sie ihr Kinn runterdrückte, als spräche sie zu ihrer Jacke oder ihrem Schal. Ich versuchte, sie zu bremsen. Was ist in dich gefahren? Ich sah, dass sie durchdrehte. Ich wollte die Verfolgungsjagd als Spiel begreifen, aber es wurde immer ernster. Dann bemühte ich mich nur noch, mir die Straßen zu merken, damit wir zurückfanden. Lass uns umdrehen! Mir reicht's!

Zum Glück blieb unser ehemaliger Lehrer plötzlich vor einem Tor stehen. Auf dem Grundstück stand ein unverputztes Haus. Sein Vorstehhund sprang an ihm hoch, er aber kramte in der Tasche seiner grauen Lederjacke, in der anderen Hand hielt er ein Taschentuch, er schnäuzte sich. Mit Mühe zog er den Schlüssel hervor, sie gingen ins Haus. Wir beobachteten sie von der Ecke aus. Versteinert. Meine Freundin hustete. Wieder bat ich sie, dass wir verschwanden. Wir würden das Mittagessen verpassen, die anderen säßen schon an den Tischen, der Trainer wäre tierisch sauer. Wir bekämen eine doppelte Schwimmeinheit, wozu ich keine Lust hätte.

Sie würdigte mich keiner Antwort. Reagierte nicht einmal. Es war ihr anzusehen, dass sie einen neuen Plan ausheckte. Plötzlich ging sie auf das Haus zu. Sie schaute durch das Tor. Drückte entschlossen die Klinke runter. Ich wartete ab, folgte ihr nicht. Allmählich wurde ich wirklich wütend auf sie, ich wollte mich aus dem Staub machen oder ihr eine Ohrfeige verpassen. Endlich habe ich das fiese

Arschloch, flüsterte sie, doch ich wusste nicht, ob ich sie richtig verstanden hatte. Sie betrat den Garten. Lass den Scheiß, hör auf damit!, zischte ich ihr hinterher. Ich hatte Angst, dass Herr Kovács uns sehen könnte. Auch vor den Trainern hatte ich Angst. Am meisten aber fürchtete ich mich vor meiner Freundin. Ihr Verhalten war mir oft vollkommen unerklärlich, manchmal konnte man kein Wort zu ihr sagen, andere Male tobte sie in einem fort. Nie verstand ich den wahren Grund, es war, als hauste noch ein anderes Wesen in ihr. So sehr konnte sie außer sich sein. Sie hatte alles auf ihren Sport gesetzt, natürlich war sie furchtbar erfolgreich. Sie schwamm gute Zeiten, war der Liebling der Trainer, bei den Wettkämpfen war sie in bester Form, so gut konnte sie sich konzentrieren. Aber jetzt war sie wie von Sinnen. Ich war mir sicher, das Ganze würde kein gutes Ende nehmen.

Einmal, noch vor Monaten, hatte sie gesagt, der Kovács sei ein Wichser. Es wäre für alle das Beste, dass er aus der Schule verschwunden sei. Warum?, schon damals verstand ich sie nicht. Ach, egal, vergiss es, sie zuckte mit den Schultern. Ein fieser Wichser, ja, so hatte sie ihn genannt.

Sie konnte sich nicht mehr stoppen. Plötzlich stand Herr Kovács' Moped in Flammen. Meine Freundin hatte den Tankdeckel abgedreht und das Sturmfeuerzeug hineingeschmissen, das sie auf dem Fensterbrett neben einem Aschenbecher gefunden hatte. Aber selbst das reichte ihr nicht. Vom Gehweg schnappte sie sich Steine und warf der Reihe nach alle Fenster ein. Das Ganze dauerte nur Sekunden. Herr Kovács stürmte aus dem Haus. Anstatt wegzurennen, drehte sich meine Freundin zu ihm um. Sie standen einander gegenüber. Herr Kovács musste erschrocken sein, denn er ging nicht auf sie los, sondern stand nur starr da, wie ein verschrecktes Tier. Renn! Lauf weg!, schrie mir Angéla zu. Vielleicht wollte sie nicht, dass herauskam, dass wir zu zweit gewesen waren. Sie bewarf jetzt auch unseren Lehrer. Er kam ins Schwanken, sie musste seine Magengrube getroffen haben. Er krümmte sich und fiel auf die Treppe vor dem Haus.

Angéla packte mich am Arm, und wir rannten los. Wir liefen, so schnell wir konnten. An den Schienen blieben wir keuchend stehen, um etwas zu Atem zu kommen. Von dort waren wir schon zehn Minuten später im Lager und schlichen in unser Zimmer.

Wir sahen, dass sich die anderen zum Mittagessen versammelt hatten. Manche löffelten noch ihre Suppe, die Jugendmannschaft aber war schon beim Nachtisch. In unserem Zimmer zogen wir uns aus. Ich schlüpfte schnell in einen sauberen Trainingsanzug, meine Freundin ging sich waschen, ihre Haare und Kleider rochen nach Rauch.

Verreck doch, du Arschloch! Als ich meine Hose hochzog, fiel mir plötzlich eine Szene ein. Von vor Monaten. Wir hatten mit den Mädels Flaschendrehen gespielt, es war auf einer Geburtstagsparty. Wir drehten die Flasche in der Mitte des Kreises, und diejenige, auf die sie zeigte, musste ein Kleidungsstück ausziehen. Die Musik war gut. Das Spiel lief, als wir es auf einmal unterbrachen. Ich hatte es mir anders überlegt. Hatte nicht die geringste Lust, mich auszuziehen, eigentlich hasste ich dieses Spiel, traute mich aber nicht, es zu sagen. Die anderen lachten mich aus. Komm schon, zeig uns deinen Arsch! Wer sich nicht auszieht, dem stecken wir die Flasche in den Mund! Da sagte Angéla, die bis dahin wie üblich kein Wort von sich gegeben hatte, plötzlich: Haltet doch die Klappe! Man kann auch aussteigen! Das stimmt nicht, dass man nicht aussteigen kann! Was soll das denn für ein Spiel sein, verfickt noch mal, bei dem man nicht aussteigen kann? Sie nahm mich an der Hand. Die anderen verstummten. Ich erinnere mich genau an den Moment, als sie mir vom Boden aufhalf.

Wir zogen uns an, bedankten uns für die Einladung und machten uns auf den Heimweg.

Verreck doch, du Arschloch! Hier kommen wir auch nicht mehr her, sagte Angéla. Was ist das bloß für ein Arschloch, das den Mädchen im Geräteraum befiehlt, sich auszuziehen! Genau so sind die auch, nur haben die statt einem Schwanz ein leeres Loch. Ein verdammtes, fieses Arschloch. Begrapscht und knutscht dich. Nur mit dir, darüber schweigen wir aber wie ein Grab. Du bist so schön, die anderen sehen das gar nicht, aber ich weiß es! In ein paar Jahren bist du die Schönste.

Ich hatte kein Wort verstanden. Wir waren mit dem Aufzug im Wohnblock hochgefahren. Dann hatten wir uns getrennt, und jede von uns war nach Hause gegangen.

Jetzt wurde mir plötzlich alles klar. Meine Freundin wusch sich unter der Dusche das Gesicht und die Haare mit kaltem Wasser. Der Boiler wurde im Ferienlager nur abends angeschaltet. Ihr Gesicht war voller Ruß, sie schrubbte es mit meiner Nagelbürste. Was, meinst du, wird passieren? Was schon? Nichts. Der wird uns nicht anzeigen, nur die Ruhe. Der Feri Kovács, der liebe Herr Lehrer? Der Supereifrige? Warum sollte sich jemand an ihm rächen wollen, hat er denn irgendwas Böses getan? So ein toller Physiklehrer?

Wir gingen zum Mittagessen runter, das Küchenpersonal hatte uns unsere Portion schon aufgetan. Um zwei sprangen wir bereits ins Becken. Wir hatten tausendfünfhundert Kraul zusätzlich bekommen, das schafften wir locker. Im Vergleich zu den üblichen Strafeinheiten war das wirklich ein Klacks.

SEGEL IM WIND

Der Segelwettkampf ist zu Ende. Die bunten Spinnaker blähen sich auf. Kleine Punkte besprenkeln den Balaton, zumindest sieht es aus der Vogelperspektive so aus, der See liegt still da. Es ist, als flögen die Boote ein paar Zentimeter über dem Wasser, man kann gar nicht genug von dem Anblick bekommen. Dem Segeltuch wächst ein dicker Bauch. Ein Magen, in dem alles beisammen ist, Nervosität, Aufregung, aber auch Ruhe, ein Gefühl der Sättigung an diesem frühen Sommernachmittag. Kleine Triumphe und Enttäuschungen. Wattebäusche mit Rückenwind. Sie fahren in gleichmäßigem Tempo, als würde sie jemand aus dem fernen Hafen steuern, aber nein.

Zwei Mädchen und zwei Jungen sitzen im Boot. Sie nehmen nicht an der Regatta teil, ihr Boot hat keinen Spinnaker. Die Mädchen sind gertenschlank. Die Jungs hochgewachsen und muskulös. Sie gehen in dieselbe Klasse. Manchmal drehen sie den Baum. Dann schwingt der Mast durch den Stoß um. Sie ändern die Richtung und steuern das Boot je nach Windrichtung von einer Seite auf die andere. Sie sind eifrig zugange, lautes Lachen auf dem Deck. Keiner aus der Klasse könnte sich an den Sommerwochenenden einen besseren Zeitvertreib vorstellen, als sich mitten auf dem See zu wiegen, die Segelregatta mit dem Fernglas zu verfolgen. Gerade ist die Landesmeisterschaft von Balatonfüred vorbei. Das farbenfrohe Getümmel nimmt Fahrt in Richtung Hafen auf. Die erschöpften Segler strecken sich auf den Decks lang, einige telefonieren, geben die Ergebnisse durch.

Unterdessen drängeln sich auf der Tagore-Promenade von Balatonfüred die Zuschauer. Mehrere Hundert stehen an den Bojen, ein Glück für den, der jetzt nicht ablegen muss.

Sie bringen das Fernglas schnell in die Kabine hinunter, setzen das Vorsegel. Zwei Jungen und zwei Mädchen auf dem Weg nach Tihany. Es wäre gut, am späten Nachmittag wieder in der Pension in Szigliget anzukommen. Was echt knapp wird. Sie haben ihren Eltern am Morgen versprochen, rechtzeitig zu Hause zu sein. Eigentlich war ihnen gar nicht erlaubt, weiter als die Fähre zu fahren. Aber jetzt ist es egal, die Eltern werden es sowieso nicht erfahren. Es war die Rede davon, dass sie bei Révfülöp kehrtmachten, aber es kam eben anders. Letztlich hatten sie Glück, ebenso wie die Teilnehmer an der Regatta. Der Eisregen, der von der Wettervorhersage für die Mittagszeit angekündigt worden war, ist noch nicht eingetroffen. Verspätet sich oder hat sich verzogen, im Grunde ist es egal, jetzt müssten sie aber eigentlich umkehren.

András will nicht anlegen. Aber im Hafen von Tihany bekommt man einfach die besten Langosch und dazu Traubensirup. Sie haben es den Mädels versprochen. Außerdem haben die Mädchen sie ständig daran erinnert, immer wieder gesagt, sie seien hungrig, durstig, müde. Sie würden noch einen Sonnenstich bekommen. Sie wollten auf jeden Fall anlegen. Mit Sonnenbrille und in Bikini haben sie den ganzen Tag auf der faulen Haut gelegen, die Jungs sogar noch herumkommandiert, und die hatten sich abgemüht, so war es abgemacht. Morgen sind dann die Mädchen dran, morgen versehen sie die Arbeit an Deck, im Gegenzug dürfen sie auch das Boot steuern.

Wir sind locker zurück, bevor es dunkel wird, nur keinen Stress!, Gábor wendet sich jetzt an seinen Freund, András nickt, gegen Langosch hätte er auch nichts einzuwenden. Eigentlich hat auch er tierischen Hunger. Die Sonne brennt unerbittlich, eine halbe Stunde im Schatten wird guttun, bevor sie sich auf den Weg zurück ans Nordufer machen. Für Balatonkenese haben sie keine Zeit mehr, darauf verzichtet Gábor gern. Aber Tihany! Tihany ist gleich hier vor ihrer Nase! Gábor will immer dreimal so viel von allem, und sie entgehen immer nur knapp der Strafe der Eltern. Die anderen haben sich mit dem Abstecher nach Balatonfüred zufriedengegeben, aber er wollte natürlich noch weiter, Kenese, Balatonvilágos, warum nicht?

András ist endgültig auf einsamem Posten, er wollte das Boot eigentlich sofort nach Szigliget zurückbringen. Er fürchtet den Zorn seines Vaters. Zu Recht, das weiß jeder. Er beißt die Zähne zusammen, sagt nichts. Holt die Navigation hervor, nimmt Fahrt in Richtung des Tihanyer Hafens auf.

Immer dickere Wolken verdecken die Sonnenscheibe. Ihr Schatten liegt auf dem Wasser, der Balaton ist tiefgrün. Die Kühle des Schattens tut Augen und Gesicht gut, sie ist eine Erleichterung: für den See, die Kormorane und den Schiffskapitän. Aber eine Erleichterung ist es doch nicht, denn die Leuchte der Sturmwarnung dreht sich immer schneller, wie verrückt rotiert sie im Takt. András kann den Bootskörper nur schwer manövrieren, weil das Wasser im Hafen überraschend seicht ist. Um eine Haaresbreite wühlt der Kiel den Schlamm auf. Zum Glück laufen sie nicht auf. Wenn sie auf Grund laufen, kann es Stunden dauern, bis man sie mit speziellen Schlepptauen herauszieht. Der Motor läuft auf Hochtouren, es gelingt, sie binden das Boot mit zwei Tauen an den Pfählen fest.

Ein blaues Band prangt an der vorderen Reling, András macht mit seinem Papa jedes Jahr die Tour um den ganzen See, darauf ist er am meisten stolz. Adél und Emma steigen zuerst aus. Jedes Mal, wenn sie von Deck gehen, berühren sie abergläubisch das Band. Sie nehmen das Fernglas, ihre Portemonnaies und Handys an sich. Barfuß laufen sie über den heißen Beton, heben schnell die Sohlen, zischeln und kichern. Wie zwei Ballettschülerinnen. Gábor macht auch so eine Bemerkung, sie sollten mehr Stunden nehmen oder über Glut laufen, das würde ihre Haltung verbessern! Hühnerbeine, coool! Adél ist es leid, sie hat das Gelaber satt, geht schweigend weiter. Dann dreht sie sich um und zwinkert. Sie winkt mit dem Fernglas und seinem Halsband, wickelt es um den Finger, zeigt Gábor den Mittelfinger. Eigentlich ist ja auch das langweiligste Geschwätz schmeichelhaft in dieser Hitze.

Das ist schon die Ruhe vor dem Sturm, der Augenblick schwüler Stille. Im Hafen ist niemand außer ihnen, nur die schwere Luft der Reglosigkeit umgibt sie.

Die Langosch-Bude hatte sich im Frühjahr gegenüber dem Hafen befunden. Jetzt folgen sie dem Ölgeruch. Gábor bleibt zurück. Er telefoniert, tut wichtig, macht Geschäfte, wie er sagt. Dann geht er zum Hafenmeister. Er gibt ihm ein paar Hundert Forint, weil sie natürlich keine Genehmigung haben, offiziell gar nicht hätten anlegen dürfen. Adél bestellt vier Langosch mit Käse, saurer Sahne und Knoblauch. Auf Letzteres hätten die Mädchen gern verzichtet, doch die Jungs bestehen darauf, und egal, wie sehr sie auch protestieren, es sind sowieso immer alle Langosch mit Knoblauch bestrichen, weil der Verkäufer sie einfach so serviert. Währenddessen kommt Gábor ebenfalls beim Tresen an. Bis sie ihre Langosch in Fettpapier gereicht bekommen, setzen sie sich auf die Holzstümpfe unter dem Sonnenschirm. András macht mit seinem Handy ein paar Fotos, sie sehen sich die Bilder an. Gábor legt wieder los. Dass er nächstes Jahr an András' Stelle ein noch größeres Boot kaufen würde, es wäre gut, wenn er mit seinem Vater spräche. Ein Jeanneau, das ist cool! Französisch, sieht aus wie eine Muschel, glänzt und ist stromlinienförmig. Emma gibt ihm ein Zeichen, er soll endlich still sein. Sie wolle in Ruhe essen. Gábors Eltern sind geschieden, er könnte sich ein solches Segelboot nicht leisten. Er kommt jedes Jahr mit seiner Mutter in die kleine Pension, sie spart das ganze Jahr für diesen Urlaub. Gábor ist ein echter Großkotz. Die Freundschaft zu András kommt ihm gerade recht, weil dessen Eltern ihn an viele Orte mitnehmen.

Emma schüttelt in solchen Momenten meist nur den Kopf, und Gábor macht weiter. Mit vollem Mund und schmatzend. Adél sagt nichts, sie legt ihre Serviette beiseite. Nachdem sie gierig ihren Sirup getrunken und sich den Mund abgewischt hat, lässt sie die anderen sitzen. Sie trennt sich von der Gruppe. Emma, Adél und András sind Cousin und Cousinen, sie haben schon oft beschlossen, Gábor nicht mehr mitzunehmen, aber Emma hat nicht zugelassen, dass sie ihn ausgrenzen. Sie hält Gábors Großkotzigkeit einfach für lächerlich. Wünsche, kleine Lügen, die ihm mit der Zeit schon vergehen werden. Emma ist gern mit ihm zusammen, weil Gábors Gesicht um einiges hübscher ist als das von András und jedes anderen aus der

Klasse. Er sieht wirklich gut aus, der beste Typ in der Schule. Na gut, in der Schule und in der ganzen Stadt. Emma steht auf ihn. Und Gábor weiß das ganz genau.

Ein Leben ohne Boot ist doch sinnlos! Wer das einmal ausprobiert und den heulenden Wind mit den Fingern gespürt hat, den nimmt das für immer gefangen. Stimmt's, András? Ja, klar, logisch, András beißt in seinen Langosch. Mein Vater meint, das ist die älteste Leidenschaft: mit dem Schiff in die Welt hinauszufahren. Nächstes Jahr fahren wir nach Kroatien, an die Adria, keine Frage. Da wohnen wir dann die ganze Zeit auf dem Boot!

Sie hatten sich in der Nacht davor aus der Pension gestohlen. Nach Einbruch der Dunkelheit gingen sie mit der Taschenlampe gewappnet vom Weinberg zum Hafen hinunter, was gut ein paar Kilometer waren. Sie öffneten die Tür der Schiffskabine und schlüpften in die Schlafsäcke. Sie liebten es, auf dem Boot zu schlafen. Wenn einer sich im Schlaf umdrehte oder mit dem Bein zuckte, schreckten die anderen sofort auf. Diese Nächte waren, als hausten sie im Schilf, als wären sie Fische. Die ganze Nacht schaukelten sie im Wasser und machten Kiemenatmung, denn die Bootskabine war sehr eng, es roch meist nach ungewaschenen Füßen, und die Luft ging schnell aus. Man musste durch den Mund einatmen, sich dabei die Nase zuhalten und die Luft lange anhalten, das nannten sie Kiemenatmung.

Adél geht zurück, setzt sich im Hafen auf eine Bank. Sie holt das Fernglas hervor, nimmt die Hotelzeile von

Siófok ins Visier. Sie denkt darüber nach, was für große Hotels hier gebaut worden sind, unglaublich, sie seufzt. Als sie noch klein war, spielten sie und Emma in dem Weidenwald am Ufer. Es gab da ein riesiges Schilfgebiet, im Schilf Nester, Angelschnüre, Karpfen mit Haken in den Kiemen, Welse. Den ganzen Tag angelten sie. Im Vorjahr haben Bagger das ganze Ufer plattgemacht. Aber der Schlamm war mit ihrer Kindheit verschwunden. Der Steg, die Stockenten, die Haubentaucher und das Kreischen der Möwen. Eisen und Beton. Während sie darüber sinniert, beginnt es plötzlich zu donnern. Das ist ganz bestimmt nicht das Echo von Tihany. Das Gewitter kann nicht weit weg sein. Der Wind wird immer stärker, aus dem Beton strömt noch die Hitze. Man sieht, wie die Wassertropfen verdampfen.

Hey! Kommt, lasst uns losfahren!, ruft Adél.

Die anderen kommen. András gerät etwas in Panik, da es gleich ein heftiges Gewitter geben wird. Ständig machst du dir Sorgen, so sind wir auch nicht früher zu Hause!, Adél übernimmt das Ruder mit einer entschlossenen Bewegung. Emma lässt den Motor an: Wenn jeder etwas macht, sind wir schneller zu Hause. Sie kreischen, denn das Boot schwenkt aus und kippt stark zur Seite, sie fahren los. Alle halten die Luft an, das war ein verdammt gutes Manöver, sie lächeln András zu.

In der Ferne blitzt es ununterbrochen, der Orkan zieht von Westen her auf. Der Wind heult immer stärker, pfeift,

pfeift gar nicht mehr, sondern peitscht, beißt, will ihnen die Gesichter, die Haut abreißen. Die Stare haben sich längst zum Schutz auf die Bäume der Halbinsel oder zwischen die Felsen zurückgezogen. Alles wird milchweiß. Keszthely verschwindet, auch das gegenüberliegende Ufer, Fonyód gibt es nicht mehr. Die Segel sofort einziehen!, ruft András. Sie lassen die Taue runter. Gábor hilft ihnen. András übernimmt das Ruder von Emma. Auch die Mädchen arbeiten in einem fort, sie räumen in der Kabine auf, damit es Platz gibt, um sich vor dem Regen zurückzuziehen. Es schüttet. Indes dreht sich die Sturmwarnung am Ufer ohne Pause, dann verschwindet die Leuchte hinter den Wellen.

Es ist stockdunkel. Das Tau klatscht gegen das Boot, die Wellen zerschlagen die Seite. Zuerst bricht nur die Reling ab, dann bekommt der Bootskörper der Länge nach einen Riss. András befiehlt allen, die Schwimmwesten anzuziehen. Festhalten!, schreit er. Fertig zum Sprung! Gábor erwischt eine Welle. Er ist klatschnass, liegt bäuchlings auf dem Deck und klammert sich seitlich am Kabineneingang fest. Die Stimme versagt ihm, er schafft es nicht, nach Hilfe zu rufen. Er hat so viel Wasser geschluckt, dass er ständig rülpsen muss, Wasser aus der Luftröhre spuckt.

Die anderen merken nicht, wie schlecht es ihm geht. Adél und Emma beschließen in ihrer Verzweiflung, doch in die Kabine zu gehen. Ein erneuter Stoß. András sieht, wie sie in der Kabine auf die Liege kotzen, aber er kann sich nicht bewegen. Der Wind drückt ihn mit voller Kraft an das Schiffsruder. Er beugt sich mit dem Oberkörper darüber. Der Wind dreht sich, ein richtiger Wirbelsturm. Er reißt den Bootskörper ständig hin und her. Die Taue machen solch einen Lärm, dass kein anderes Geräusch mehr zu hören ist. Da bricht plötzlich der Mast.

Die Wellen zerschlagen den Baum, das Steuer bekommt einen Sprung. Der Bootskörper kippt, er kentert und bricht in Stücke. Es ist nichts zu sehen, der Wind verhindert jeden Atemzug.

Vier Körper, vier Jugendliche. Sie haben keine Ahnung, was geschehen wird. Mit den Wellen versinken sie im Balaton. Im nächsten Augenblick wirft sie eine erneute Welle wieder hoch, die Westen halten ihre Körper oben. Nacheinander tauchen sie aus dem Wasser auf, alle sind sie da. Doch dann gehen sie wieder unter. Am Grund des Sees der aufgewühlte Schlamm. Sie schlucken so viel Wasser, dass ihre Münder ganz taub werden. Eine Welle wiegt Tonnen.

Gábors Kopf schlägt plötzlich gegen ein Bootsstück. András packt ihn an der Weste, sie klammern sich aneinander. Adél ist eine gute Schwimmerin, geschickt paddelt sie zu Emma, versucht sie zu erreichen und festzuhalten. Doch Emma rutscht ihr immer wieder aus den Händen. Sie sind unter Wasser, dann wieder oben. Sie haben keine Zeit, sich auszurechnen, wann die nächste Welle kommt. Jede Welle schlägt mit anderer Kraft auf ihre Köpfe nieder.

Kein Untertauchen ist gleich. Luft bekommen sie nur, wenn der Wellengang sich etwas legt. Danach strampeln sie wieder unter Wasser. Da bemerkt Emma das Ufer, und sie ruft András zu.

Ihre Eltern hatten keine Ahnung. Ungeduldig warten sie den ganzen Nachmittag. Aber die Jugendlichen melden sich nicht. Bei solch einem Sturm ist das besonders beängstigend. Sie rufen überall an, sind in Panik. Laufen zum Hafen hinunter. Nervös gehen sie auf dem Steg auf und ab. Schließlich entscheiden sie, die Wasserpolizei zu alarmieren.

Die Feuerwehr trifft mit Sirengeheul am Strand von Révfülöp ein. Der Sturm wütet. Kurz darauf sind auch die Sanitäter da. Fast unglaublich, doch sie kommen davon. András konnte, wie sich später herausstellen wird, das Boot ganz nah ans Ufer bringen. Nachdem es zerbrochen war, spülten riesige Wellen die vier ans Ufer. Die Kleider zerfetzt, mit Verletzungen, gebrochenem Arm und zerschlagenem Gesicht werden sie an den Steg geschwemmt. Gábor ist ohnmächtig, ihn bringen sie nach Tapolca ins Krankenhaus. Er kommt erst drei Tage später wieder zu sich. András hat sich den Arm gebrochen. Emma und Adél liegen zur Beobachtung in einem Zimmer im Krankenhaus. Ihre Lunge ist voller Wasser, tagelang quälen sie starke Schmerzen im Brustkorb, sie erbrechen sich, fallen in Ohnmacht.

Im Sommer darauf fahren sie wieder aufs Wasser hinaus, machen ein paar Übungsrunden. Mit dem nagelneuen Boot von András' Eltern. Tihany ist tabu. Nicht einmal den Namen des Ortes bringen sie über die Lippen.

HAMBURGER

Onkel Ottó war ein Freund meines Vaters. Aber wir Kinder nannten ihn untereinander nur Hamburger. Das war nicht unbedingt nett gemeint, wir wollten eher über ihn lachen, das nahm uns den Druck, oder ich weiß gar nicht, eigentlich mochten wir ihn auch.

Ich bin in einer Plattenbausiedlung aufgewachsen. Bis ich ins Gymnasium kam, haben wir dort gewohnt. Wohnblock, Lichthof, Müllschlucker. Ein mehrere Hundert Liter fassender, manchmal lodernder Müllcontainer aus Eisen. Ein stockfinsterer Durchgang mit Eisentüren und grünem PVC-Belag, den die Kinder oft mit ihren Kippen in Brand setzten, manchmal qualmte das ganze Treppenhaus. Kinderwagenabstellraum. Künstlich angelegte Hügel. In Reihen angepflanzte Jungbäume. An ihrem Fuß verrichteten die Hunde aus der Siedlung ihr Geschäft, deshalb wuchs um diese Bäume herum nie Gras. Zwischen den zehnstöckigen Häusern ein paar Parkplätze. Wenn man überhaupt ein Auto zugeteilt bekam. Wir hatten einen Nachbarn, der seinen Platz im Sommer mit Nägeln bestreute, damit sich niemand dorthin stellen konnte, während er mit seiner Frau in Balatonboglár, im Ferienheim der Gewerkschaft, Urlaub machte. Die vollbusige Ehefrau des Nagel-Nachbarn war Kulturreferentin, riesige Hände und fleischige Schenkel. Sie wohnten im neunten. Wenn wir in den Aufzug stiegen und sie dort an der Stahltür lehnte, lachte sie albern. Zuckersüß strich sie uns über die Köpfe und verpasste uns im gleichen Moment eine Kopfnuss. Wir fürchteten sie wie das Feuer im Durchgang des zehnten Stocks. Meist warteten wir mit geschlossenen Augen auf den Aufzug und murmelten vor uns hin: Hoffentlich ist nicht die Haxe da drin! Hoffentlich nicht die Speckpranke!

Gépmadár utca, Gyakorló utca, Repülőtér-park, Kiserdő – Blechvogel-Straße, Übungsstraße, Flughafen-Park, Wäldchen – damals waren diese Namen modern. Sonntags nach der Fleischbrühe hörte mein Vater Radio. Er legte sich im Wohnzimmer aufs Sofa und schlief ein. Meine Mutter deckte ihn mit einer Wolldecke zu. Er schnaufte sich in tiefen Schlaf. Wir konnten es kaum erwarten, dass der Freund unseres Vaters an der Gegensprechanlage klingelte. Schon rannten wir los, um ihm zu öffnen.

Wir besuchten die Grundschule der Wohnsiedlung und hatten so gar keine Lust, die Schulaufgaben voneinander abzuschreiben. Wir wetteiferten, wer schneller am Drücker wäre. Zankten uns. Rutschten über den Boden und schnappten nach dem Hörer, der an der Wand hing, einmal zerbrach er sogar an mehreren Stellen. Zum Glück wachte mein Vater auch davon nicht auf.

Hamburger kam, um uns zu einem Ausflug abzuholen. So nannten wir es: Ausflug. Mein mürrischer Vater ließ uns ohne Einwand ziehen, er mochte seinen Freund, den einzigen Menschen, mit dem er sich überhaupt unterhielt. Wir fuhren mit der S-Bahn hinaus zur russischen Kaserne, nach Mátyásföld. Von der Station war es noch eine halbe Stunde zu Fuß. Zuerst kamen Gärten, dann das Wäldchen und danach staubige Feldwege voller Schlaglöcher. Schließlich ein Gelände mit Gestrüpp und Bauschutt. Hamburger hatte einen vollen Plastiksack dabei, wir Kinder brachten in einer Einkaufstasche Symphonia-Zigaretten, Feuerzeuge und Illustrierte mit.

Ich erinnere mich, wie wir uns an die vier Meter hohe Betonmauer heranschlichen. Alle hundert Meter stand ein Wachturm mit einer Holzbude obendrauf. Rundherum Fensterscheiben. Stacheldraht. Nach dem Gestrüpp kamen die Schotterhalden, für uns Kinder riesige Berge. Wir überquerten sie und blieben am Spalt stehen.

Hier befahl uns Hamburger, lautlos am Fuß des Schotterberges in die Hocke zu gehen, Drähte und Schutt zerkratzten uns die Schenkel. Nägel, Baumaterial. Mein Bruder weinte. Kusch jetzt, sagte Hamburger und legte den Finger auf die Lippen, dann hob er die Hand, schüttelte sie, das machte er immer, so drohte er uns, wir würden ein paar hinter die Ohren kriegen, wenn wir nicht die Klappe hielten. Ich drückte meinem Bruder die Hand auf den Mund, da ich wusste, er würde sonst vor Schmerz heulen. Er musste würgen, doch dann verstummte er brav, denn alle fünf Minuten kamen Soldaten vorbei. Wir hatten fürchterlich Schiss. Starrten reglos auf den Spalt, wann der russische Soldat endlich zu uns herauskäme. Wir warteten nämlich auf die Ablösung. Dann verließen die mit den roten Mützen ihren Wachposten, tranken Wodka und sangen laut.

Wir waren ganz aufgeregt. Mein Bruder machte sich fast in die Hose, ich zitterte. Meine Mundwinkel zuckten in einem fort. Ich presste die Zähne zusammen, dabei biss ich mir auf die Zunge, bis sie blutete. Hamburger steckte mir ein Taschentuch in den Mund und sagte: Jetzt aber kusch! Eigentlich liebten wir diese Angst.

Nach ein paar Minuten kam der Soldat. Er schlüpfte durch den Spalt, blieb aber mit einem Bein im Lager. Damit man nicht sagen konnte, er sei geflohen. Es ist verboten, die Kaserne zu verlassen!, sagte der Freund meines Vaters, wenn sie uns sehen, knallen sie uns ab. Das Ganze war so aufregend, dass sogar unsere Beine rot wurden, ich spürte, wie die Hitze durch meine Glieder strömte und meine Hände zu schwitzen begannen. Er hatte Gasmasken und Ananasgranaten dabei. Andere Male brachte er in seinem Armeesack Fleischwölfe oder Samowars mit. Wir Kinder überreichten ihm die Zigaretten, mehrere Stangen. Martini, den mein Vater extra bei Konsumex geholt hatte.

Mit dem Ausweis eines Kollegen, der im Außenhandel arbeitete, konnte er dort einkaufen. Außerdem hatten wir Hamburgerbrötchen in einem Plastikbeutel mitgebracht. Auch die gaben wir dem Soldaten. Seine kakifarbene Uniform roch muffig nach Schimmel. Er bedankte sich lachend, *spasiba* sagte er immer wieder. Wahrscheinlich war er etwas angetrunken. Ständig zuckte er mit dem Kopf und verzog den Mund, in seiner Seitentasche bewahrte er Zigarettenkippen auf. Er zog die Jacke beiseite und drückte die brennende Zigarette auf seinem Hüftknochen aus.

Sein Gesicht war übersät mit roten Pickeln, noch nie hatte ich bei jemandem so viele Wunden über der Oberlippe gesehen. Der war in Afghanistan im Krieg gewesen, sagte Hamburger, der zuvorkommend und freundlich zu dem Soldaten war. Er hatte Respekt vor ihm. Sie öffneten eine Flasche Martini und nahmen jeweils einen Schluck. Es waren keine Pickel, sondern Schnittwunden, Kratzer von wilden Tieren. Außerdem eine abgerissene Niere, Schläge, Spuren von Bodenkämpfen, erklärte Hamburger, wovon wir nicht viel verstanden.

Wir gingen oft zur sowjetischen Kaserne, immer öfter. Weil ihr schon groß seid, sagte Hamburger. Los, kommt, Abmarsch nach Hause! Er streichelte uns, und wir schlenderten fröhlich zurück. An der S-Bahn-Station bekam jeder von uns einen Kirschlutscher.

Damals hatte in der Wohnsiedlung eine Privatbäckerei aufgemacht, der Bäcker mietete einen Raum innerhalb der

Kinderarztpraxis. Durch ein Fenster reichte er das Brot, die Hörnchen und die Kakaoschnecken hinaus. Fiebriges Husten im Pogatschenduft. Die Kunden und die Kranken rempelten sich gegenseitig in dem engen Wartezimmer an. Ich erinnere mich ganz genau an die Gerüche, weil sie sich sehr lange in unseren Nasen festsetzten. Die Schlange reichte bis zum Eingang der Praxis. Wir standen an und wurden dabei an die Wand gedrückt. Der Bäcker backte auch fluffige Brötchen. Mit Körnern und ohne. Sie waren süß, weil das Mehl vor dem Backen mit Zucker vermischt wurde. In der Mitte ließen sie sich leicht teilen, so konnte man sie sogar mit der Hand öffnen.

Nur freitags und samstags waren sie zu bekommen, deshalb briet meine Mutter am Wochenende manchmal Fleisch, meist Rippchen. Sie nahm die Knochen heraus, tat Gurken, Tomatensoße und Kraut auf das Fleisch, das waren unsere selbst gemachten Hamburger. Ungeduldig warteten wir, dass es endlich Mittag würde. Sonst stocherten wir lustlos im Essen herum, doch jetzt lief uns das Wasser im Mund zusammen. Wir aßen die Hamburger mit säuerlichem Senf oder bestreuten das Fleisch mit Zucker, mein Vater hingegen ließ gebratenen Speck auf das Brötchen tropfen, es schwamm im Fett. Auch diese Brötchen brachten wir im Sack zur Kaserne.

Zweimal im Monat ging Onkel Ottó zu den Russen. Wir dachten, er führe nur nach Mátyásföld, aber dann stellte sich heraus, dass er zahlreiche Kasernen aufsuchte, und mein Vater wurde zu seinem stillen Teilhaber. Sie brachten die Sachen mit einem Dienstwagen nach Sármellék, in die neue Kaserne am Balaton, wo die Russen eine richtige Stadt hochgezogen hatten, mit Theater, Schule, Kindergarten und Kino. Hier bekam er das erste Mal ein Maschinengewehr. Sonst waren es Gummiknüppel, Fliegerjacken mit Nieten, benutzte, abgewetzte Pilotenhelme und der erste Farbfernseher. Die Fahrten an den Balaton lohnten sich am meisten. Hamburger verkaufte oder tauschte die Sachen. Er besaß ein Grundstück in Cinkota, das hatte er gemeinsam mit meinem Vater von dem Gewinn aus den Geschäften mit den Sowjets als Auslauf für die Hunde gekauft. Dann starben die Hunde an einer Infektion, zwei Deutsche Schäferhunde und ein Ungarischer Vorstehhund. So konnte mein Vater die geplante Hundeschule nicht eröffnen, und er verkaufte seinen Teil. Onkel Ottó zog auf dem länglichen Grundstück, das die Form eines Würstchens hatte, ein amerikanisches Blockhaus mit ausgebautem Dachboden hoch. Auch wir halfen dabei, das Fundament zu betonieren. Mein Vater murrte manchmal, dieser Ottó sei ja wahnsinnig geschickt, ein wahnsinnig geschickter Typ, irgendwann gehe er sicher nach Amerika, da seien die Menschen so entschlossen wie er. Dann zündete er sich eine Zigarette an und saß weiter in seinem Schaukelstuhl.

So träumte er meist auf unserer Loggia im achten Stock vor sich hin. Er schloss die Augen und stellte sich vor, auf der Veranda eines Holzhauses in New Mexico zu sitzen. Zog sich den Strohhut tiefer ins Gesicht und berichtete uns dann davon, dass er die Prärie sehe, die Olivenbäume und die Josuabäume. In der Ferne, von den Felsen und Canyons her, den Staub der Steinwüste. Eine Gruppe von Cowboys treffe ein, mit Pferden und Wagen. Sie hätten ein paar illegale Goldgräber geschnappt, die auf dem langen Weg fast verdurstet waren. Und auch einige Navajos, die sie angegriffen hätten. Mein Vater liebte Western. Tief in seinem Herzen, insgeheim, versank er in Selbstmitleid. Manchmal zitterte er am ganzen Körper, so sehr sehnte er sich danach, in einer freien, wilden Welt zu leben. Er konnte nicht begreifen, warum er im sowjetischen System gelandet war, mit seiner unendlichen Tundra und diesen sibirischen Soldaten voller Kratzer und Wunden.

DIE
SCHNECKENSAMMLERIN

Eine vollbusige Zigeunerin brachte meinen Bruder vom See nach Hause. Sie standen am Zaun, trauten sich nicht herein. Eine Klingel hatten wir nicht, wir sahen aus dem Wohnzimmer, dass sie zum Fenster unseres Hauses hin spähten. Dabei war das Gartentor immer offen. Wenn es knarrte, wussten wir, es kam jemand.

Nein, das kann doch nicht unser Bruder sein, den haben sie vertauscht, dachten mein anderer Bruder und ich, mucksmäuschenstill starrten wir hinaus.

Da stand ein schwarzes Kind, die Zigeunerin hatte ihren Arm um den Jungen gelegt, kniff ihm mit zwei Fingern in die Wange und gab ihm ein Küsschen. Das Kind hatte dunkle Ränder unter den Fingernägeln, in den Mundwinkeln saß der Schmutz, vom Wind waren seine Lippen ganz rissig geworden. Auch die Haare und der Hals waren überall schwarz. Und die Zähne.

Wir waren alle blond. Meine Großmutter grau, mein Vater und mein Großvater hatten eine Glatze, und mein

Urgroßvater trug eine elfenbeinfarbene Perücke wegen seiner Krebserkrankung.

Schließlich trauten sie sich doch herein, und die Zigeunerin rief von der Tür aus ins Haus. Gehört Ihnen dieses Kind? – fragte sie. – Es hat gesagt, es wohnt in der matschigen Straße, und die hier ist ziemlich matschig, man sollte einen Steg legen, ich habe es kaum geschafft, sie zu überqueren.

Mama – sagte mein Bruder und brach in Tränen aus. Sie kullerten ihm die Nase entlang, aus der Nase lief ihm der Rotz in den Mund.

Kommen Sie nur rein! – rief meine Mutter aus der Küche, die gerade Kohl rieb, während sie die Suppe zum Aufwärmen und das Nudelwasser aufsetzte.

Die Zigeunerin wollte nicht, sie hatte es eilig. Sie war gerade dabei, Schnecken für die Franzosen zu sammeln.

Da legte meine Mutter die Reibe weg, nahm schnell eine Flasche Bier aus dem Kühlschrank und gab sie der Frau.

Mein Bruder sprang zu ihr, klammerte sich an die Schenkel meiner Mutter. Seine Nase wischte er an ihrem Hauskittel ab, doch meine Mutter kümmerte das nicht, da der Topf mit den Nudeln gerade überkochte und sie auch noch die Zwiebeln dünsten musste. Mein Vater kam nach Hause. Er lehnte sein Fahrrad an das Gartentor, es fiel um, er fluchte, trat dagegen.

Es gab Gulaschsuppe und Krautnudeln zu Mittag, wir löffelten gerade unsere Suppe, da begann es zu regnen. Die fettigen Fleischstücke wollte ich nicht. Mein schwarzer Bruder aber bekam gar nicht genug davon. Er bat mich um meine Reste. Auch die stopfte er in sich hinein, die Haut unter seinen Augen spannte sich, die Ohrläppchen zogen sich nach hinten.

Wir lachten, vor drei Tagen war er verschwunden. Jedes Mal hielt er das locker durch. Er hungerte dann. Oder erzählte, er habe Egel gegessen, tote Fische, Marienkäfer, Fuchskadaver. Wir glaubten ihm nicht, hörten ihm aber zu, vor Staunen blieb uns der Mund offen stehen.

Drei Tage war lang. Aus seinem großen Mund stank er fürchterlich. Er roch nach Fisch und hatte sich nicht gewaschen.

Nur wenn man ihn fand und nach Hause brachte, aß er so, er schmatzte, seine Zähne knirschten. Sein Kopf verschwand im Teller. Die Suppe floss ihm aus den Haaren.

Für meinen verlorenen Bruder hatte Mutter einen großen Teller hingestellt. Er verschlang das Essen, sodass mein Vater ihn gar nicht ansehen mochte, aber er ermahnte ihn auch nicht. Sonst aber bekam der, der schmatzte oder das Essen einfach nur gierig in sich hineinstopfte, eine Ohrfeige, dass es nur so schallte.

Mein Bruder sagte, er habe sich in der Nacht am Ufer, im Schilf in die Hose gemacht, weil ein Fuchs dort entlanggekommen sei. Der Fuchs ist ein hinterlistiges Biest, er schleicht nachts durch unser Dorf. Die Zigeunerin hatte ihm eine kurze rote Hose gegeben, als sie ihn fand. Sie sammelten dort im Morgengrauen die Schnecken, und mein schwarzer Bruder hockte bibbernd im Graben, als sie ihn entdeckten.

Er trug keine Kleidung. Irgendjemand hatte ihn getreten. Ihm die Haare in Büscheln abgeschnitten. Ihn auf die Stirn geschlagen. Meine Mutter schrubbte ihn sauber, dann schmierte sie seine Wunden mit Jod ein.

Er winselte, als er die Suppe schlürfte, die Fettstückchen kaute. Sein Mund tat ihm weh, er war innen ganz wund, der Fuchsmensch musste ihn mit Schuhen getreten haben.

Mutter mochte meinen schwarzen Bruder lieber als jeden anderen auf der Welt. Und doch riss er immer wieder von zu Hause aus.

DAS MÄDCHEN AUS
DEM KANAL

Am 23. Juni 1951 fand man am frühen Vormittag im Hafen von Siófok ein Mädchen zwischen den Ufersteinen. Zwei Männer, die gerade dort entlangspazierten, bemerkten, dass jemand ins Wasser gerutscht sein musste. Der Körper lag reglos da, halb gegen die Steine gekippt, mit dem Gesicht im Wasser. An einem Fuß steckte ein Halbschuh mit abgeschnittener Spitze, der andere war nackt. Der Cordrock musste aufgeknöpft worden sein, denn er war entlang des Schenkels offen. Die Haut war verfärbt, es hatten sich blaue Flecken gebildet. Die Strickjacke lag wie auf die Steine hingeworfen da, die Hände waren blau angelaufen, um den Hals ein blutiger Streifen. Die zu einem Kranz geflochtenen Haare wurden von einem Band zusammengehalten, das durch die sanften Wellen aufgebläht auf der Wasseroberfläche schaukelte. Es war schönes, sonniges Wetter. Die Männer gingen zu den Steinen hinunter. Versuchten den schlanken, zerbrechlichen kleinen Körper zu bewegen. Das Mädchen atmete nicht. Mit geschlossenen

Augen lag es leblos da, als sie es auf den Rücken drehten. Sie riefen bei der städtischen Polizei an, die dreizehn Minuten später eintraf. Der Tod wurde festgestellt, ein Protokoll von der Leichenschau erstellt und die Ermittlung aufgenommen.

Das Mädchen war vermutlich zwölf oder dreizehn Jahre alt, man notierte, dass sich die Lunge mit Wasser gefüllt hatte und der Körper bereits aufgedunsen war. Auf den Lippen des Mädchens war ein Sekret erkennbar. Der Verdacht: Tod durch Ersticken. Zuerst wurde sie im städtischen Krankenhaus weiter untersucht, hier stellte der Bereitschaftsarzt ebenfalls den Tod fest. Man zog sie wieder an und fuhr sie dann in die rechtsmedizinische Abteilung der Polizei, damit dort ein Gutachten erstellt werden konnte. Nach der Inspektion wurden dem Mädchen die Strickjacke und der Cordrock wieder übergestreift, um es danach zur Obduktion zu bringen. Einige Tage später lag der Obduktionsbericht vor: Das Kind war erdrosselt worden. Es folgten Verhöre, das Erstellen der Anklageschrift, dann die Verhandlung. Alles ging sehr schnell, innerhalb weniger Tage wurde das Urteil gefällt, es lautete Tod durch den Strang.

Der Vater wird im Protokoll als der Erziehungsberechtigte, die Mutter als die Erziehungsberechtigte bezeichnet. Das Mädchen als zerbrechlich beschrieben. Ein kleiner Körper.

Ein Mädchen, ein Kind oder ein toter Säugling sind etwas ganz anderes, es ist nicht dasselbe, im Krieg zu töten, nicht dasselbe, jemanden zu erhängen, nicht dasselbe, ins Gefängnis zur Leichenschau zu gehen. Oder zum Kiosk, in die Toreinfahrt, in Hinterhöfe, zum Brunnen der Ziegelei, zur Senkgrube. Denn auch dort wurden zu jener Zeit Kinder gefunden, sagte mein Großvater, der zwischen 1948 und 1951 als Rechtsmediziner für die Polizei gearbeitet hat. Er erzählte mir auch von dem Mädchen aus dem Balaton. Im Fall einer Hinrichtung ist der Obduktionsbericht knapp, nur wenige Sätze. Auch einen Suizid zu untersuchen ist eine vollkommen andere Sache, hier ist der Bericht ebenfalls kurz, der Fall wird rasch abgeschlossen, es wird niemand gesucht. Das Mädchen war zweifelsohne ermordet worden, an seiner Unschuld herrschte kein Zweifel, gerade deshalb nahm dieser Fall sogar einen erfahrenen Rechtsmediziner mit. Man bemühte sich, das Ganze zu vertuschen, den Fall schnell abzuschließen. In jenen Jahren gab es viele solcher Fälle, man fand unzählige tote Kinder und Säuglinge.

Das Mädchen aus dem Kanal, so nenne ich sie. Ich bin elf Jahre alt, als Großvater mir ihre Geschichte erzählt. Er liegt an Krebs erkrankt in seinem Bett, an ein Kissen gelehnt und schildert mir die Geschichte in allen Einzelheiten. Die ganze Akte hat er anscheinend im Kopf, doch wie und warum das Mädchen genau gestorben ist oder wer die Tat begangen hat, daran erinnert er sich nicht mehr. Ich kann die ganze Nacht nicht schlafen. Höre ihre Stimme aus dem Badezimmer am Ende des Flurs. Sie fleht um Hilfe, aber ich kann mich nicht rühren. Ich möchte ihr helfen, kann meinen Arm aber nicht ausstrecken. Meine Glieder sind schwer wie Blei. Das Mädchen wimmert und wimmert. Manchmal ist es auch, als würde es singen, wie ein kleiner Vogel im Schilf, eine Blaumeise. Als ich endlich meine ganze Kraft zusammennehme und ins Badezimmer gehe, liegt es da auf den Fliesen. Das Mädchen liegt auf dem Bauch, so wie es im Hafen zwischen den Steinen gefunden wurde. Der Kopf auf dem Abfluss, es atmet, lebt, ich bin mir ganz sicher, dass es nicht tot ist. Ich hocke mich zu ihm. Bewege den aufgeblähten, weichen Körper, will ihn umdrehen, um die Gesichtszüge zu sehen, er ist eiskalt, als ich ihn mit meinen Fingern berühre, klatschnass. Ich wache auf.

Vor Kurzem ist mir das Mädchen wieder eingefallen, ich will nach seiner Geschichte suchen, sie aufschreiben. Ich will die Einzelheiten kennen, das, was seine Mutter erzählt hat, die Aussage des Vaters. Es wäre so gut, die Splitter zusammenzufügen. Ich beginne nachzuforschen. Tippe den Namen meines Großvaters in das Feld der Suchmaschine, sie liefert keinen Treffer. Die Akten aus den Fünfzigerjahren sind lückenhaft. Ich gehe ins Archiv und suche in den Polizeiakten. Mordfälle, man kann mir kaum etwas geben, Tötungsdelikte, Täterinnen. Zeitliche Eingrenzung, Zeitungsartikel, eigentlich nichts Interessantes. Tage und Wochen vergehen, ich durchforste etwa vierzig Fälle. Dabei fällt mir auf, wie viele Täterinnen es gibt und entsprechend viele Tote im Kindesalter. Dann finde ich ganz unerwartet, an einem frostigen Tag im Januar, die Akte des Mädchens. Hundertsechsundachtzig Seiten. Ja, sie muss es sein. Viktória, so hieß sie, heute weiß ich das.

✶

Emma Bajor und ihre schulpflichtige Tochter verbrachten im Juni 1951 zwei Wochen im Ferienheim von Balatonvilágos. Hier kam Emma Bajor in engeren Kontakt mit dem Hausmeister Lajos Tóth, der in dem staatlichen Ferienheim arbeitete. Mutter und Tochter gingen an jenem Abend jedoch nur zu zweit spazieren, ans Ufer des Balaton. Laut Emma Bajor lief ihre Tochter am Tag darauf weg, ihr Verschwinden meldete sie aber erst zwei Tage später.

Geständnis von Emma Bajor

Am 14. Juni fuhr ich mit meiner Tochter für zwei Wochen nach Balatonvilágos, um dort mit ihr die Ferien zu verbringen. Wir gingen oft in den Abendstunden spazieren. Diese Spaziergänge waren meistens sehr lang, für uns war das erholsam.

Am 22. des besagten Monats machten wir uns nach dem Abendessen, es gab Erbsensuppe und Mohnnudeln, auf den Weg nach Siófok. Ich zog meinen braunen Rock und meinen roten Pullover an, meiner Tochter sagte ich, sie solle ihr mit einem blauen Streifen verlängertes Pikeekleid und darüber ihren blauen Cordrock anziehen. Meine Tochter trug gebrauchte Halbschuhe, die an der Spitze ausgeschnitten waren, sie waren schwarz. Ungefähr gegen 9 Uhr am Abend kamen wir im Hafen an. An der Pforte des Ferienheims hielt sich an dem Tag der Pförtner namens Sóki auf und unterhielt sich mit jemandem in seiner Pförtnerloge. Er bemerkte uns nicht. Unterwegs trafen wir noch die Krankenschwester Elvira Fliegl, keine von uns sagte etwas, wir gingen einfach weiter zu den Booten, die im Hafen angelegt hatten. Dort, wo die Boote im Sommer anlegen, ruhten wir uns auf einer Bank aus; wir setzten uns beide, meine Tochter saß mittig, ich links, zum Wasser hin. Unsere Beine zeigten zum Balaton. Mit dem Rücken lehnten wir an der Bank. Wir unterhielten uns, dann legte meine Tochter ihren Kopf in meinen Schoß und schlief ein.

Da ging mir fast wie im Traum der Gedanke durch den Kopf, wie erbärmlich mein Leben doch war und was für ein schweres Schicksal auch meine Tochter erwartete. Ich dachte daran, wie viel besser es doch wäre, wenn sie und auch ich tot seien. Wie unter Suggestion griff ich in die Tasche und holte die zusammengerollte, circa einen halben

Meter lange Schnur hervor – die ich zum Zusammen-
schnüren von möglichen Einkäufen immer bei mir trage –
ihre beiden Enden festhaltend wickelte ich sie einmal um
den Hals meiner Tochter, dann machte ich einen Knoten
und begann fest an den beiden Enden der Schnur zu ziehen. Wie lange ich gezogen habe, daran erinnere ich mich
nicht. Ich bemerkte, dass sich von der Promenade her zwei
Personen näherten, bei deren Anblick ich noch einen Knoten in die Schnur machte, und zwar so, dass sich die beiden
Enden infolge des Durchfädelns in einer Richtung befanden. Den Kopf meiner Tochter aus meinem Schoß schie-
bend drehte ich sie, indem ich sie an den Beinen festhielt,
zu mir (in Richtung Hafen) und stieß sie zwischen die Steine des Kanals.

Ich möchte erwähnen, dass ich meiner Tochter, bevor
ich ihren Körper zwischen die Steine geschoben hatte, die
rosafarbene Strickjacke, die sie trug, sowie einen Schuh
ausgezogen habe. Die Goldkette, an der sich eine Medaille
mit der Darstellung einer Spinnwebe befand, habe ich ihr
vom Hals gerissen und mitgenommen. Ich war mir meiner
Tat nicht bewusst und dachte über mein Handeln nicht
nach. Das wurde mir erst klar, als meine Tochter infolge
des Festziehens der Schnur regungslos war und nicht mehr
atmete. Da dachte ich daran, mein Töchterchen ins Wasser
zu rollen und ihr zu folgen, das heißt, Selbstmord zu begehen, jedoch verhinderten die beiden sich mir nähernden
Personen die diesbezügliche Absicht.

Die Leiche meiner Tochter zurücklassend, schlug ich den Weg in Richtung Balatonvilágos zum Ferienheim ein. Die Goldkette in meiner Hand warf ich weg, ich erinnere mich nicht mehr, wo, weil ich dachte, dem Andenken an meine Tochter nicht würdig zu sein, da mir vor meiner Tat graute. Ungefähr auf halbem Weg bat ich ein dort entlangspazierendes Ehepaar, der Mann rauchte und ich hatte keine Streichhölzer dabei, um Feuer und rauchte eine Zigarette.

Obenstehende Tat habe ich nicht bewusst durchgeführt, und tagelang erschien mir die ganze Handlung wie ein Traum, ich gestand mir nicht einmal selbst ein, das oben Beschriebene begangen zu haben, ich dachte, es sei gar nicht wahr, sondern nur ein böser Traum.

Ich gestehe meine Schuld, weil ich meiner Meinung nach das schlimmste Verbrechen begangen habe, indem ich als Mutter mein Kind getötet habe. Zu meiner Entschuldigung soll dienen, dass ich nicht bewusst handelte, denn der Sinn meines Lebens und der Mensch, den ich am meisten auf der ganzen Welt liebte, war mein Kind, und ich kann mir bis heute nicht erklären, was der Grund dafür war, dass ich mein Kind seines Lebens beraubte. Ich sehe nur eine Erklärung dafür, nämlich, dass ich in einem Augenblick der geistigen Verwirrung vor meinem eigenen Leben erschrak und die oben beschriebene Straftat vermutlich aus Angst vor der schwierigen Zukunft meiner Tochter beging.

Ich habe mein Handeln sehr bereut und fühle mich schuldig. Jedoch bitte ich Sie anzuerkennen, dass ich mir bewusst bin, mich selbst jenes Menschen, den ich am meisten geliebt habe, beraubt zu haben.

Mehr habe ich im Zusammenhang mit obigem Fall nicht hinzuzufügen. Mein Geständnis habe ich ohne jeglichen Zwang abgelegt und bekräftige es mit meiner Unterschrift.

Akte

Die Akte der verurteilten Gefangenen Emma Bajor wird auf meinen Antrag vom 9. Januar 2020 hin im Hauptstädtischen Archiv Budapest herausgesucht. Am 13. Januar trifft sie im Lesesaal ein.

Emma Bajor wurde in Polgár geboren, zu der Zeit, als der Mord geschah, war sie Krankenschwester in Budapest, sie arbeitete in der psychiatrischen Abteilung eines Krankenhauses.

Emma Bajor, verurteilt, Aktenzeichen VIII. a. 281187/ 1951. Die Akte umfasst hundertsechsundachtzig Seiten, ist in weißes Papier eingeschlagen. Ausgefranste, stockige Ränder. Sie fällt leicht auseinander. Der Umschlag hält die Seiten zusammen. Mit Maschine geschriebene, vergilbte Blätter, einige Abschnitte in den Protokollen wurden mit

Hand geschrieben, liegen jedoch auch getippt vor, Unmengen von Fehlern. Es gibt viele nachträgliche Streichungen, Einfügungen, Unterstreichungen. Am Ende jedes Protokolleintrags stehen mindestens zwei Unterschriften. Urteilsverkündung, dann Geständnis der Tat. Anhang: Die Anzahl der Prozessparteien und der übrigen zum Tathergang befragten Personen beträgt einundzwanzig. Verwandte, Kollegen, Feriengäste. Rechtsmedizinische Untersuchung.

Hier steht die Unterschrift meines Großvaters, das Mädchen war schon tot, als die Polizisten es in eine Decke gewickelt in das städtische Krankenhaus gebracht hatten. Mit blauem Buntstift durchnummerierte Seiten, die wichtigsten Sätze unterstrichen. Die hundertsechsundachtzigste, die letzte Seite: Gnadengesuch, abgelehnt – Stempel. Zigarettenasche, Haare und Überreste von Radiergummi.

Totenschein, Obduktionsbericht
Ausgestellt am 23. Juni 1951

Am Tatort wurde festgestellt, dass ein circa 12 bis 13 Jahre altes Mädchen zwischen den Steinen des Kanals auf seiner rechten Seite liegt, das eine Bein ausgestreckt, das andere etwas angewinkelt, während sich die linke Hand in Höhe des Halses in eingeknicktem Zustand vor dem Gesicht befindet. Die linke Seite des Gesichts ist stark blau verfärbt, staubig, das rechte Ohr ist von der Verschmutzung vollkommen bedeckt. Die Glieder sind in sauberem Zustand.

Nachdem die bei den Steinen liegende Leiche geborgen wurde, war Folgendes festzustellen:

Personenbeschreibung: Größe circa 150 bis 155 Zentimeter, dunkelblondes Haar, die Haare in zwei Zöpfe geflochten, die jeweils mit einem Stück Schnürsenkel zusammengebunden sind. Die Haare sind in Form eines Kranzes am Kopf festgesteckt. Das Gesicht leicht aufgedunsen, ovale, braune Augen, die Augenbrauen geschwungen, blond, kleine Nase, Lippen geschwollen, Gebiss vollständig, untere Schneidezähne etwas größer.

Bekleidung: blauer Cordrock, auf der linken Seite bis zur Hälfte geöffnet, mit fünf Knöpfen zu schließen, dieser Teil war bei Fund der Leiche geöffnet. Als Hemdbluse verwendetes Damenkleid, das mit einem circa 20 Zentimeter breiten blauen Stoff verlängert wurde. In der Mitte der Bluse befinden sich vier Knopflöcher, die vermutlich nicht verwendet wurden, ersatzweise sind vier Druckknöpfe aufgenäht, die zum Zeitpunkt des Fundes geöffnet waren.

Äußere Verletzungen an der Leiche sind mit Ausnahme der durch die Steine verursachten Schürfwunden nicht festzustellen. Am Hals ist oberhalb des Schildknorpels rundherum ein circa drei Millimeter breiter und vier Millimeter tiefer Einschnitt durch Erdrosselung festzustellen, in dem sich eine Paketkordel befindet, die an der linken Seite des Halses in einer circa 20 Zentimeter großen Schleife endet.

Die Leiche befand sich in einem vollkommen ausgekühlten Zustand. Auf dem Gesicht, dem Körper und der linken Seite der Gliedmaßen befinden sich großflächige, bei Druck noch leicht verblassende, dunkle, blau gefärbte Leichenflecken. In der Nase ist ein blutiges beziehungsweise weißliches Sekret festzustellen, ebenso im leicht geöffneten Mund.

Laut der rechtsmedizinischen Untersuchung stellte sich der Tod vor circa zehn bis zwölf Stunden ein.

Auf Grundlage der oben beschriebenen Feststellungen ist mit aller Wahrscheinlichkeit von einer Straftat auszugehen.

Der Kanal, an dem die Leiche mit Gewalt zwischen die Steine geschoben wurde, befindet sich etwa zehn Meter vom Ufer entfernt, an der von Rasen und Kieseln bedeckten Erdoberfläche sind Schleifspuren zu erkennen. Der Rock, die offene Bluse, ferner die abwehrende Haltung des Armes sowie die Erdrosselung durch die Paketschnur lassen den Ausschuss annehmen, dass es sich um einen Lustmord gehandelt haben könnte.

Der Fuß der Leiche erweckt nicht den Eindruck, dass das Opfer ursprünglich barfuß war, denn die Wade ist nur bis zur Socke braun, weiter unten ist die Haut von hellerer

Farbe. Es ist davon auszugehen, dass der unbekannte Täter sowohl Socke als auch Schuh ausgezogen hat, womit auch der Verdacht auf Raub besteht. Nach der Entkleidung der Leiche im Rechtsmedizinischen Institut wurde festgestellt, dass das Opfer noch über keine Schambehaarung verfügte, bislang keinen Geschlechtsverkehr hatte, also Jungfrau war.

Zur Aufdeckung der Straftat wurden von der Sondereinheit die entsprechenden Maßnahmen in die Wege geleitet.

Unterschrift: Tibor S.
Kriminalhauptkommissar

Erste Aussage der Krankenschwester Emma Bajor
25. Juni
Polizeiprotokoll

Ich wurde in Polgár geboren, wo ich bis zu meinem 18. Lebensjahr wohnte. Ich lebte im Haus meiner Eltern und arbeitete als Hausangestellte in verschiedenen Haushalten. Mit Erreichen meines 18. Lebensjahrs verliebte ich mich in den Kantor und Lehrer Béla Szarka aus Polgár, von dem ich schwanger wurde. Da ich nicht wollte, dass man im Dorf von meiner Schwangerschaft erfuhr, ging ich nach Szolnok, wo ich eine Anstellung als Hausangestellte fand,

am 17. Juni 1939 wurde meine Tochter Viktória Tóth geboren. Im Herbst 1944 kam ich nach Budapest, jedoch
nahm ich mein Kind nicht mit, sondern ließ es bei einer
Familie in Jászladány. In Budapest arbeitete ich anfangs als
Hausangestellte, absolvierte dann einen Kurs in Stenogra-
fie und Maschinenschreiben und wurde Mitte des Jahres
1945 bei einer Bank angestellt. Später arbeitete ich erneut
als Putzfrau. 1946 bekam ich eine Anstellung als Putzfrau
im János-Krankenhaus. Mein Kind holte ich nach Budapest, als ich im Krankenhaus bereits als Krankenschwester
beschäftigt war. Von dieser Zeit an arbeitete ich im János-
Krankenhaus in verschiedenen Abteilungen als Krankenschwester. Béla Szarka zahlte mir bis zur Befreiung 30 bis
40 Pengő Unterhalt. Meines Wissens lebt Szarka derzeit im
Ausland. Er ist nach Berlin gezogen.

1947 lernte ich den Arzt Dr. Géza Illyés kennen, der
seinen Dienst im János-Krankenhaus versah. Zu besagter
Person entwickelte sich, da wir uns zueinander hingezogen
fühlten, eine enge Beziehung, die drei Jahre währte. Unserer Beziehung setzte sein Selbstmord aufgrund seiner familiären Probleme ein Ende. Im Februar jenes Jahres gab
ich meine Tochter, da ich ihr wegen meiner Arbeit nicht
die nötige Erziehung zuteilwerden lassen konnte, zu Nonnen nach Nagytétény, wo sie zwei Jahre lang die Schule besuchte.

Im Dezember 1950 heiratete ich, beziehungsweise kam
da ein alter Bekannter, József Bajor, aus der Kriegsgefan-

genschaft zurück. Aufgrund unserer langen Bekanntschaft und weil ich einen Vater für mein Kind haben wollte, heiratete ich József Bajor. Die Ehe scheiterte jedoch, da er zu meinem Kind und mir grob war, deshalb ließ ich mich nach drei Monaten scheiden. In der Zeit danach hatte ich keinen männlichen Bekannten, mit dem ich eine gemeinsame Zukunft hätte haben wollen. Ich lebte mit meinem Kind zusammen, das ich nach Beendigung der zweiten Klasse aus Nagytétény nach Hause geholt und in der Volksschule Városmajor angemeldet hatte. Ich habe meine Tochter angebetet und versucht, ihr den Vater zu ersetzen, deshalb erfüllte ich ihr, soweit es in meiner Macht stand, jeden Wunsch. Meine Tochter wusste, wie viel sie mir bedeutete, und erlaubte sich mir gegenüber mehr, als die meisten Kinder es ihrer Mutter gegenüber tun.

Im Sommer dieses Jahres kam sie mit einem Schulzeugnis nach Hause, demzufolge sie in einem Fach eine Nachprüfung machen musste. Ich bemühte mich, meiner Tochter ihr falsches Verhalten zu erklären, und versuchte sie zu bestrafen, indem ich ihr zum Geburtstag kein Spielzeug kaufte. Ich beschloss, meine Tochter im Sommer zuerst zu meiner jüngeren Schwester, Frau Miklósné Földes, wohnhaft in Budapest, X. Bezirk, Dér-Str. 19, zu bringen, damit sie dort ihre Ferien verbrachte, dann sollte sie nach Polgár fahren, zu meinen Verwandten. Zu meiner Schwester, die im Mai 1950 nach Budapest gezogen ist, weil sie hier geheiratet hat, ist meine Tochter oft gegangen. Meine Schwester und ihr Mann liebten das Kind und freuten sich, wenn ich meine Tochter zu ihnen schickte. Leider war meine Tochter häufig ungehorsam, sie streunte umher und belog mich. Deshalb habe ich ihr Verschwinden auch nicht sofort bei der Polizei gemeldet. Ich wollte lieber abwarten, bis sie wieder auftauchen oder nach Hause finden würde. Nach zwei Tagen begann ich mir Sorgen zu machen.

Psychiatrisches Gutachten

Der Vater der Angeklagten war Alkoholiker, was das Umfeld, in dem die Angeklagte heranwuchs, kennzeichnete, allerdings ist keine nennenswerte familiäre Vorbelastung nachweisbar. Die Angeklagte war in ihrer Jugend eine gute Schülerin, später erlangte sie auch einen höheren Abschluss. Seit ihrem 18. Lebensjahr ist sie durchgehend werktätig, in ihrer Arbeit entwickelte sie sich kontinuierlich weiter. Sie arbeitete zunächst als Hausangestellte, wurde dann Bankangestellte, später stieg sie von ihrer Tätigkeit als Putzfrau im Krankenhaus bis zur Position der Oberschwester der Abteilung auf. Ihre geistigen Fähigkeiten sind weit überdurchschnittlich. Schwerere Krankheiten hat sie nicht durchgemacht, in ihrem Leben ist kein Bruch oder tieferer Einschnitt festzustellen.

Auffallend war während der Untersuchung die Gefühlskälte in Bezug auf die Handlung. Sie trug den ungewöhnlich tragischen Fall vollkommen unberührt vor, als handle es sich um ein ihr fernes Geschehen. Jene beiden Punkte, die im Vorfeld beziehungsweise bei Beschreibung der Untersuchung erwähnt wurden, sind als überaus charakteristisch zu betrachten. Als die Angeklagte ihr Geständnis bei der Polizei beendet hatte, brachte sie den Tod ihres Kindes als mildernden Umstand vor. Angemerkt sei auch, dass bei der ersten, mehrere Stunden dauernden Untersuchung immer dann eine emotionale Regung (Weinen) zu beobachten war, wenn sie davon berichtete, wie mit ihr bei der polizeilichen Vernehmung (also einem Unrecht an ihrer eigenen Person) umgegangen worden war. Ihr Verhalten nach der Tat ist von großer Selbstdisziplin gekennzeichnet, ebenfalls eine Eigenschaft ihrer Persönlichkeit.

All dies deutet darauf hin, dass die Angeklagte emotional eher verkümmert ist. Sie ist vorrangig auf ihr Inneres fokussiert (die Beschäftigung mit der eigenen Person).

Aus dieser Persönlichkeitsstruktur lässt sich ableiten, dass sie keine liebevolle Beziehung zu ihrem Kind aufzubauen vermochte, die sie emotional an dem Begehen dieser tragischen Tat hätte hindern können. Überblickt man ihre Lebensgeschichte, so lässt sich feststellen, dass ihre Tochter ihr zweimal den Weg »zum Glück« verstellt hat.

Das erste Mal die Tatsache, dass sie sich mit dem Opfer in anderen Umständen befand, was ihre erste (und vielleicht einzige) große Liebe plötzlich enden ließ. Das zweite Mal, als das schlechte Verhältnis zwischen Ehemann und Tochter verhinderte, dass sie sich – scheinbar – innerhalb eines ehelichen Rahmens verwirklichen konnte. Darüber hinaus hatte die Angeklagte auch mehrere außereheliche Beziehungen.

Aus den uns zur Verfügung stehenden Angaben können wir uns den psychischen Hintergrund der Handlung so erklären.

Bei der Beurteilung der in der Anklage geschilderten Handlung als Straftat ist unter psychiatrischem Gesichtspunkt Folgendes zu beachten: Die Angeklagte hat keine schwerere Erkrankung durchlitten, wie erwähnt ist in ihrem Leben kein Bruch zu erkennen, bis zu der in der Anklage geschilderten Tat ist sie ihrer Verantwortung einwandfrei nachgekommen. An die Einzelheiten der Tat erinnert sich die Angeklagte genau. Anfangs verteidigte sie sich auf raffinierte Weise, in ihrem Geständnis aber schilderte sie den genauen Tathergang. Bei der persönlichen Untersuchung konnten weder neurologisch noch psychisch Beeinträchtigungen festgestellt werden, somit hat die Angeklagte unseres Erachtens zum Zeitpunkt der Straftat an keinerlei psychischer Erkrankung oder Bewusstseinsstörung gelitten, das heißt an keinem Umstand, der sie unfähig gemacht hätte, die Gefahr ihrer Tat für die Gesellschaft zu erkennen oder sich dem gesellschaftlichen Willen gemäß zu verhalten, was auch auf ihren derzeitigen

Zustand zutrifft. Eine verminderte Schuldfähigkeit ist nicht festzustellen.

Budapest, den 31. Juli 1951

Dr. László B., psychiatrischer Gutachter
Dr. Endre K., rechtsmedizinischer Gutachter

Gnadengesuch

Sehr geehrtes Komitatsgericht!
Die Angeklagte Emma Bajor wurde in dem gegen sie eingeleiteten Strafverfahren mit dem Aktenzeichen Nr. B. III. 78098/1951 vom Komitatsgericht in dem am 2. August 1951 verkündeten Urteil gemäß dem in § 278 des Strafgesetzbuches erfassten Tatbestands des Mordes für schuldig erklärt und somit als Hauptstrafe zum Tod durch den Strang, als Nebenstrafe zur Beschlagnahmung ihres vollständigen Vermögens verurteilt.

Die Angeklagte behielt sich für das Einlegen der Berufung gegen das Urteil eine Bedenkzeit von drei Tagen vor, jedoch habe ich als Unterzeichner die Berufung zwecks Milderung des Strafmaßes bereits bei Verkündung des Urteils angemeldet.

Obwohl ich hoffe, dass das Oberste Gericht der Volksrepublik Ungarn das festgesetzte Strafmaß im Fall der Angeklagten infolge meines Einspruchs herabsetzen wird, reiche ich dennoch unter Einhaltung der vorgeschriebenen Frist in meiner Funktion als Strafverteidiger sicherheitshalber folgendes Gnadengesuch ein: Ich bitte das Komitatsgericht, dem Gnadengesuch der Angeklagten stattzugeben.

Die Angeklagte stammt aus einer kleinbäuerlichen Familie, sie verbrachte ihre Jugend in Armut, im Alter von 18 Jahren geriet sie in die Fänge eines verheirateten Kantors und Lehrers, der das junge Mädchen verführte, aus diesem Verhältnis stammte jenes Kind, das der Tat der Angeklagten zum Opfer fiel. Die Angeklagte verbrachte ihr Leben in dem vorangegangenen gesellschaftlichen System das uneheliche Kind verheimlichend als Dienstmagd, erst die Befreiung bot ihr die Möglichkeit zum beruflichen Aufstieg.

Die seelische Verfassung der Angeklagten wurde in dem Strafverfahren nicht vollständig dargelegt, ebenso kann die Ursache für den Mord nicht als eindeutig und bewiesen erklärt werden.

Obschon die medizinischen Gutachten die vollständige Zurechnungs- und damit Schuldfähigkeit der Angeklagten festgestellt haben, bleibt eine Frage unbeantwortet: inwiefern der Umstand, dass die Angeklagte in der psychiatrischen Abteilung des János-Krankenhauses seit Monaten täglich 14 bis 16 Stunden ihren Dienst unter 95 gemeingefährlichen Geisteskranken versah, sie darin beeinflusst haben könnte, die Tat zu begehen.

Die Angeklagte ist seit der Befreiung als Krankenschwester tätig, ihre Arbeit verrichtete sie stets einwandfrei. Laut der Feststellung des medizinischen Gutachtens sind ihre geistigen Fähigkeiten überdurchschnittlich. Sie war ein politisch gebildeter, guter Kader.

All dies sollte unter dem Gesichtspunkt, ob die von der Angeklagten ausgehende gesellschaftliche Gefahr von einem Ausmaß ist, das ihre endgültige Entfernung aus der Gesellschaft rechtfertigt, oder ob sie nicht nach Verbüßung der Strafe, einem in Relation zur Schwere der Tat stehenden Freiheitsentzug, erneut zu einem nutzvollen und werktätigen Mitglied der Gesellschaft werden kann, berücksichtigt werden.

Obiges würde nach dem Standpunkt der Verteidigung ermöglichen, dem Gnadengesuch der Angeklagten stattzugeben.

Hochachtungsvoll
Dr. Endre R.
Strafverteidiger

Gnadengesuch abgelehnt.

ANGELHAKEN UND DÄMONEN

Unter dem Wasser hausen Ungeheuer, sie reißen dir blitzschnell den Fuß ab. Wenn du in der Mitte des Balatons bist, dann schwimm auf dem Rücken, sagte Großvater, dessen Schwimmstil ich es nie schaffte nachzuahmen. Seine Arme benutzte er gar nicht. Ich bemühte mich, die Regeln einzuhalten. Unter den dahintreibenden Wellen suchte ich nach den schnappenden Welsmäulern, um mich fürchten zu können. Beim Spaziergang am Ufer beobachtete ich die Angler. Wenn jemand einen Aal fing, schauten wir minutenlang zu, ich konnte meinen Blick vor Ekel einfach nicht abwenden. Es lief mir kalt den Rücken runter. Ich klammerte mich an den kräftigen, behaarten Arm meines Großvaters. Stellte mir dabei den Fleischklopfer vor, wie sie damit die dicke, fette Wasserschlange totschlügen. Das Blut würde über die glitschige Haut rinnen, und auf den länglichen Kopf bekäme sie einen kräftigen Schlag. Es machte uns Spaß zuzuschauen. Wenn ich mich bemühte, Großvater zu gefallen, lächelte er mich an.

Großvater brachte manchmal sogar einen Hocker mit. Dann setzten wir uns nachts in die Nähe der Steine unter den Sternenhimmel. Ich hätte gern den Moment des Ekels festgehalten. Den Augenblick gerinnen lassen, ihn auf diesen sonderbaren, tiefgrünen Wasserspiegel montiert, so etwas konnte man sich nur bei diesem See vorstellen. Der Mond malte eine silberne Brücke. Damals schäumte das Wasser an den Ufersteinen oft von dem vielen Dreck und klebte an dem grauen Körper der Aale. Einen widerwärtigeren grauen Fisch habe ich im Leben nie gesehen. Es juckte mich überall von diesem Anblick, vom Scheitel bis zur Sohle kribbelte es, doch dieses Jucken steckte voller Aufregung. Währenddessen schälte sich mein Rücken unter dem Kapuzenpulli, und ich wünschte auch anderen, dass sie einen Sonnenbrand bekämen und sich in der Nacht kratzen müssten. Die Ferien waren eine echte Freudenfolter, und der Tod mehrerer Aale gehörte dazu. Die Sommerferien tauschten meine Haut vollkommen aus. Ich war auf der Suche nach Geheimnissen. Meist stellte ich mir vor, wie das Wasser das gegenüberliegende Ufer überschwemmte, später den gesamten Globus überspülte, das wäre dann mein glückliches Reich. Man könnte sich nur schwimmend fortbewegen. Und wenn ich das hätte bestimmen können, hätte ich auch ganz andere Fische angesiedelt. Ich träumte viel vom Wasser. Von Amphibien und Alligatoren. Das Wasser wurde zu meinem eigenen Reich, mächtig und mit riesigen Wellen. Ich liebte es und zitterte, stand immer in seiner Mitte. Ein unendliches Märchenmeer mit Riesen, Drachen und Nixen.

Als mein Großvater starb, saß ihm seine Hose schon ganz locker. Er war nur noch Haut und Knochen. Nadelstiche und Katheter. Unter der Kastanie klammerte er sich an einem Campingstuhl fest. Das Morphin ließ ihn fast schweben, seine Augenlider flatterten. Auf Anraten seines Lungenarztes setzte er sich, sobald er seine Medikamente eingenommen hatte, für Stunden in den Garten. Seine Augenbrauen sprangen hoch und runter. Ich sah nicht, wohin er schaute, seine Augen waren wie aus Glas. Ein Blick ins Nichts. Seine Miene ohne Halt, und doch ein schönes, schmales zärtliches Gesicht. Meist lief ihm der Speichel aus den Mundwinkeln, er musste mit einem Taschentuch abgewischt werden, Omi legte ihm das Tuch auf die Schulter. Ich nahm es, wischte ab, was er aufstieß, und kehrte zum Spielen an den Tisch zurück. Später benutzten wir dafür eine Stoffwindel. Er konnte nicht mehr reden. Er stöhnte, Paris. János Batsányi, Gefängnis. Solche Sachen schrie er ganz unterwartet. Von der Taille aufwärts war er nackt. Sein Oberkörper war gekrümmt, seine Venen waren zu dicken grünen Schläuchen angeschwollen. Wäre die Zeit stehen geblieben, hätte ich mir vor Freude in die Hose gemacht, so wie es mein Großvater in den letzten Stunden seines Sterbens tat. Nie wieder habe ich mit ihm reden können.

Wie ein Fisch machte er den Mund auf und zu, kaum ein Ton drang noch aus seiner Kehle. Es bedeutete das

Ende unseres Reiches. Er konnte nichts mehr sagen. Röchelte nur, das ist mein letztes Bild von ihm. Kein Schwimmen mehr. Nie mehr gingen wir zusammen ans Ufer.

Es folgt die Freude in der Trauer. Leises, unterdrücktes Lachen, Lächeln. Immer gibt es jemanden, der bei einer Beerdigung laut lacht. Bei Großvater sind viele solcher Leute, weil er Arzt war und eine riesige Menschenmenge gekommen ist. Schließlich sind nicht sie gestorben, sie sind glücklich, dass er sie geheilt hat. Ordinäre Stimmen, ein Lärmen, Heulen und Weinen. Großvater liegt im Sarg. Er lebt, ich sehe nicht, dass er gestorben wäre. Sein gläserner Blick und das kalkweiße Gesicht bringen mir die Sommer zurück, als er stundenlang in der brennenden Sonne saß. Fast in Ohnmacht fiel. Wie die Sardinen im warmen Ozean, ich weiß, dass er seinen Hals genauso bewegte, als hätte er an beiden Seiten Kiemen. Er alberte mit mir herum. Und ich brabbelte wie ein Baby, rollte mich zusammen. Auch jetzt steht er hier neben mir. Das war unser letzter Augenblick. Sein Dackel kam angerannt. Zerrte an meinem Bein. Knabberte an meiner Hose. Er stank, weil er sich auf einem toten Fisch gewälzt hatte. Omi hatte für meinen im Sterben liegenden Großvater Paprikakartoffeln gekocht. Sie deckte, legte die weißen Servietten hin und stieß zart die Gläser aneinander, damit wir uns an den Tisch setzten. Mittags war er schon tot. Der Campingstuhl kippte langsam, dann knickten die Aluminiumbeine weg, ich erinnere mich sogar, wie es leise ratschte, der Stoff unter ihm war gerissen. Großvater plumpste auf den Boden. Ein dünner, langer Körper lag neben dem Gartenweg. Die Fliederbüsche trugen schon Knospen, das Leben im Garten erwachte, die Kastanie blühte.

Um den Geruch von angebranntem Speck und Zwiebeln zu ertragen, nahm ich den blinden Dackel auf den Schoß. Ich drückte mein Gesicht an seinen Kopf. Es dauerte lang, bis die Sanitäter kamen. Sodass genug Zeit blieb, um Abschied zu nehmen. Ob er wirklich gestorben war, überprüften ich und der Dackel. Wir zerrten fest an seiner Jacke, und mein Hund leckte ihm immer wieder die eiskalten Hände. Bald darauf legten sie ihn auf eine karierte Decke. Drei Leute brauchte es dazu, Omi hatte die Nachbarn gerufen, die ihn ein Stück weiter wegtrugen und zudeckten. Wir setzten uns sogar noch zum Essen hin, obwohl das längst kalt geworden war. Omi ging zurück in die Küche und wärmte es im roten Topf auf. Ich saß die ganze Zeit mit dem Hund auf dem Schoß am Tisch, bis man Großvater mit einem weißen Barkas abholte. Ich fasste an das knorpelige Ohr des Hundes, drehte daran. Er war unruhig, winselte, weil er spürte, dass etwas nicht stimmte. Lag doch Opa schon seit Stunden da, ohne Luft zu holen, und wenn er ihn leckte, zuckte er nicht einmal. Die Sanitäter packten ihn dann in einen schwarzen Sack und transportierten die Leiche ab. Ich erinnere mich übrigens daran, dass mir das Essen nicht schmeckte. Ich konnte kaum schlucken. In meiner Kehle saß ein solcher Kloß, dass ich eine Woche lang nicht richtig essen, nur schlürfen konnte. Als Omi sich wegdrehte, kratzte ich die Kartoffeln mit meinem Löffel unter den Stuhl. Ich wartete, bis der Dackel sie allesamt aufgeschleckt hatte. Zum Glück war Speck darin. Er schluckte das ganze Zeug in einem hinunter.

Wir lebten zusammen mit Tieren. Sie wohnten im Garten, hinten beim Holzschuppen. Sie hatten eine Tränke und einen Futtertrog. Mit Hühnern, denen der Hals durchgeschnitten wurde, mit Rotaugen, denen der Kopf abgeschnitten wurde. Eierschachteln, Fäkalien, Knochen und abgenagte Maiskolben. Auch die Katze schlich sich in den Hühnerhof und manchmal nachts ein heller Fuchs. Er stahl die Küken. Ein dunkelbrauner Bretterzaun trennte den Hühnerhof vom Garten, durch den wochentags die Patienten liefen, wenn sie die Praxis aufsuchten. Im August lagen faulige Melonenschalen herum, die ich aufsammelte. Ich ging gern nach hinten, um mit dem Dackel die Hühner zu jagen. Mit unserem bissigen, verflohten Hund, der früh erblindet war.

Jemand brachte uns einmal aus Dank in einem Aquarium Glasaale und Anemonenfische. So hatten wir auch Fische im Haus. Omi betraute mich mit der Säuberung des Aquariums. Wir hatten es auf die Veranda gestellt. Das Aquarium verströmte einen fürchterlichen Gestank. Ich griff nicht gern ins Wasser. Wenn Omi fragte, ob ich es geputzt hätte, log ich. Dann kam ich dahinter, dass die Fische, wenn ich sie nicht fütterte, von selbst starben. Deshalb aß ich das Fischfutter und gab auch dem Dackel welches ab, der sich die Schnauze leckte. Die Fische gingen bald ein.

Großvater brachte mir bei, wie man mit den Tieren umzugehen hatte. Mit den Nacktschnecken bei der Zisterne, mit den Glühwürmchen und den Mücken fing er an. Ich mochte dieses Spiel. Außer den Fischen fasste ich sie alle an. Ich steckte mir Spinnen in den Mund, wir aßen Ameisen, schossen Tauben, und auch die Spatzen merzten wir ordentlich aus, wenn sie die Kirschbäume abfraßen. Jede Woche schlachteten wir ein Huhn, ich half dabei. Omi und ich ließen das Blut des geschlachteten Huhns in eine Waschschüssel rinnen. Ich hielt die Schüssel. Währenddessen herrschte im Garten riesiger Lärm. Die Tiere kreischten. Sie mochten die Hinrichtungen nicht, ertrugen den Klang des Todes, den Geruch des Todes nicht. Das Blut brieten wir und aßen es.

Andere Male kuschelten wir uns in den Seidensessel. Wir holten Kissen und eine Decke. Lasen im Hundebuch über das hinterlistige Verhalten des Kuvasz oder auf dem Sofa ein fürchterliches Soldatengedicht, voller poetischer Bilder, die nur Großvater kapierte, ich verstand keine Silbe davon. Es handelte von Christus und den Tauben. Am Ende wurden alle gefoltert und hingerichtet. Ein Fetzen

Seele flog empor, das ist alles, an was ich mich erinnere. Er erklärte eifrig, wie wichtig diese und jene Zeile sei, natürlich im übertragenen Sinne. Wenn er müde war, legte er das Buch auf das Nachtschränkchen und schlief mitten im Satz ein. Ich konnte diesen Augenblick kaum erwarten. Ich legte dann den Umschlag des Hundebuches um den Gedichtband, ich erinnere mich, wie ein Embryo zog ich meine Beine und Arme an meinen Brustkorb. Ich sah jede Zeile des Gedichts vor mir, auch die Hinrichtungen und die Kreuzigungen. Dann wachte Großvater meist auf. Und, gut?, blaffte er. Oder nein, er sagte eher: Hat es dir gefallen? Ja, sicher. Ich hatte Angst, zitterte, lass es uns noch mal lesen! So antwortete ich voller Freude und bat ihn um den nächsten Abschnitt. Ich gewöhnte mich an die Angst und mochte sie immer mehr, denn ich hatte sie durch Großvater kennengelernt. Er gab an mich weiter, er brachte mir bei, dass einem ein gutes Buch bis in die Knochen fahren kann. Wenn die Kommunisten mit einem schwarzen Auto kommen, dann heißt das Lager, Erhängung. Oft gingen wir in das Antiquariat am Múzeum-Ring. Ja, ich erinnere mich ganz genau, jetzt weiß ich, dass das Gedicht in Kerepes spielte. Das andere würde in Tschernobyl spielen, aber das las ich erst als Erwachsene. Großvaters Gedicht wurde bald Wirklichkeit.

Im April 1986 starb Großvater. Ich weiß den Monat genau, weil wir zu der Zeit ein hartes Training im Schwimmbad hatten. Vorbereitungstraining, bis zur Landesmeisterschaft im Sommer waren es noch vier Monate. Ausdauertraining und Langstrecken, das stand auf dem Programm, dann Laufen. An den Geräten bei jedem zweiten Training, Sprossenwand. Wir schwammen mit Handwiderstand, in weiten Hosen mit Taschen. Morgens um Viertel vor sechs sprangen wir ins Wasser, schwammen täglich sechs Stunden. Bald darauf hörte ich mit dem Wettkampfsport auf, bis zur Olympiade in Seoul waren es noch zwei Jahre. Mein Körper war vollkommen ausgemergelt, ich blieb in der Entwicklung zurück, die Trainer schlugen Alarm.

Wenn ich nach dem Training nicht schlafen konnte, zuckten meine Arme unter der Decke, dann kamen die Dämonen. Ich erkannte den Dämon nie. Ständig änderte er seine Gestalt, und er erschien mir so unerwartet, dass ich gar keine Zeit hatte, ihn zu erkennen. Der Dämon war wie ein böser Geist, ob im Bus, im Laden, auf dem Klo, im Klassenzimmer oder während einer Unterhaltung, jederzeit konnte er auftauchen. Es schien unmöglich, ihn abzuschütteln. Dann aber rannte er mit einem Mal weg, ebenso plötzlich, wie er gekommen war. Ich blieb zurück, saß auf dem Klo und war mutterseelenallein. Leer, weil der Dämon weg war. Doch es vergingen nur wenige Wochen, und er kam wieder. Er war mit Perlen besetzt, manchmal nahm er die Gestalt eines goldigen Walfisches oder eines Marienkäfers an. Ich ertappte die Ungeheuer dabei, wie sie an meinem Hals nagten, und ich schwitzte die ganze

Nacht. Zum Glück hatte mir Großvater auch gesagt, dass man den Kampf mit ihnen aufnehmen musste. Er las mir furchtbar viele Geschichten mit Dämonen vor, und die zeigten mir die Methode genau. Dabei denke ich nicht an *Hänsel und Gretel*, obwohl er auch dieses Märchen so vortrug, dass ich dabei auf dem Seidenpolster mit den Plastikknöpfen zitterte. Im Traum hatte ich ein Schwert, eine Zauberkugel und eine Pistole. Nachdem ich endlich für ein oder zwei Stunden eingeschlafen war, erwachte ich mit trockener Kehle. Es war mir gelungen, jemanden in den Hals zu stechen. Die Kommunisten hatten sich als Dämonen verkleidet. Pass bei denen gut auf! Als Großvater gestorben war, wusste ich gar nicht, was ich mit mir anfangen sollte.

Menschen ohne Arme und Beine, ukrainische Kinder und rumänische Säuglingsmonster in Gitterbetten, denen der Grießbrei aus den Mündern floss, so sah unser Leben aus. Jetzt wusste die ganze Welt, was für barbarische Ungeheuer wir waren. Die BBC strahlte in England aus, wie wir hier lebten. Auch ZDF und ORF zeigten die osteuropäische Wirklichkeit hinter dem Eisernen Vorhang.

Im Sommer davor hatten uns Verwandte aus der Sowjetunion, aus Tjatschiw, besucht. Omi hatte mich aus der Küche geschickt. Ich sollte brav spielen gehen. Sie wollte nicht, dass ich hörte, was sie besprachen. Ich bekam ein russischsprachiges Gameboy-Spiel, *Nu, pogodi! – Hase und*

Wolf, den ganzen Tag drückte ich bei den Stachelbeersträu-
chern darauf herum. Sie stachen mir in den Rücken, ebenso wie die Rosen, doch für ein paar Stunden vergaß ich mit
meinem ersten digitalen Spielzeug die Welt um mich herum. Und einmal rief meine Großmutter die Familie aus
Oradea aus der Nachbarschaft herüber, die für ein paar
Tage dort wohnte. Sie brachten wichtige Neuigkeiten. Alles
futterten sie auf. Fleisch, Milch, Brot. Bald würden die
Dörfer vernichtet, das sagten die Siebenbürger, und da
schrien und kreischten alle in der Küche, so viel hörte ich,
das drang durch das Fenster, während ich unter dem
Strauch die Knöpfe drückte.

Hässliche Sachen erzählten diese Verwandten. Verdammt beschissene Sachen. Es wäre besser für mich, wenn
ich sie noch ein paar Jahre nicht mitbekäme. Meiner
Großmutter wurde von diesen Besuchen immer ganz
schwindlig. Sie trank Pálinka. Am Abend konnte sie kaum
mehr auf den Beinen stehen. Mein Großvater trank nicht,
da er jederzeit zu einem Patienten hätte gerufen werden
können. Täglich zwei Päckchen Symphonia-Zigaretten
waren seine normale Dosis. An Weihnachten trank er ein
helles Kőbanyai-Bier und Unicum. Er wurde obduziert,
Lunge, Leber, Nieren, alles war vom Krebs befallen. Als
ihn der Krankenwagen abtransportierte, wurde ich ganz
starr. Frühjahr 1986, auch wenn es frühmorgens noch bei-
ßend kalt gewesen war, brannte mittags, als Großvater
starb, die Sonne. Der wird im Frühjahr sterben, das sagte

er immer, wenn er von einem Patienten im Endstadium
nach Hause kam.

*

Den ganzen Tag las er auf dem Steg. Manchmal legte er
sich eine weiße Stoffwindel auf den Kopf, aber meistens
vergaß er auch die. In der sommerlichen Hitze wurden die
Planken heiß wie Feuer. Die Sonne brannte. Das Lesen war
für ihn der einzige Fluchtweg aus dem damaligen Ungarn.
Er verschlang spanische Ritterromane und Kálmán Mikszáth, andere Male dicke Romane von Mór Jókai. Bücher
über Pferde und Paradeuniformen. Sie sollten möglichst
dick sein, das war das Wichtigste. Tolstoi war da natürlich
richtig. Die Russen bekam man in jedem Laden, in Leder
gebunden für einen Apfel und ein Ei. Mit Tolstoi war er
schnell durch. Zsigmond Kemény, *Der Held János* von Sándor Petőfi und die Werke János Aranys, Bücher, die ich
heute gar nicht mehr aus dem Regal nehme. Wenn das
Mittagessen fertig war, packte er sie in eine Plastiktüte und
sprang vom Steg ins Wasser. Er schwamm auf dem Rücken,
legte sich die Tüte auf den Bauch, drückte das Kinn an den
Brustkorb, die Hände hielt er eng an die Schenkel gepresst
oder stemmte sie in die Hüften und paddelte kräftig mit
den Füßen. Wie ein deutsches U-Boot mit Torpedo. Oder
eine sowjetische Rakete im All. So zeigte er mir das Rü-
ckenschwimmen, mach es mir nach, so geht das.

Großvater behauptete, dass selbst die besten Schwimmtrainer keine Ahnung davon hätten, wie man im Balaton Spitzenleistungen erreichen könne. Dreimal versuchten wir, von Szabadi nach Balatonalmádi rüberzuschwimmen. Wir tranken viel davor und frühstückten ordentlich. Schluckten Traubenzucker aus einer Ampulle. Dann kam der Start. Großvater schwamm vorneweg, ich ihm hinterher, manchmal schaute er zurück.

Das Wasser schlug so große Wellen, dass ich kaum Luft holen konnte. Wenn ich zwei Armlängen zurückblieb, schrie er. Auf halbem Weg machten wir kehrt. Ich hatte mehrere Liter Wasser geschluckt. Doch nicht ich hatte gesagt, dass ich nicht mehr könne. Er war es, der einen Rückzieher machte. Ich wusste nicht, dass man überhaupt aufgeben konnte. Wir hatten beim Training im Schwimmbad etwas anderes gelernt. Da machten wir so lange weiter, bis wir zugrunde gingen. Bis wir kotzten und selbst dann noch weiter. Wir mussten bis zum Äußersten gehen, das Leben zählte nicht, nur der Sieg. Der Körper hatte keine Bedeutung. Der Körper konnte kein Hindernis sein. Die Knochen, die Sehnen oder die Muskeln. Für die Volksrepublik zu siegen war Pflicht. Wer nicht gewann, wurde geschlagen, doch auch dieser geschlagene Körper hatte keine Bedeutung. Der Schmerz war Teil unseres Alltags, wir nahmen ihn nicht zur Kenntnis. Es störte mich nie, ich weinte nie. Nie deshalb.

Einmal bekam Großvater einen Sonnenstich. Die ganze Nacht machten wir ihm mit einem Frotteehandtuch kalte Umschläge. Das Wasser rann ihm aus dem Handtuch über die Stirn, von der Stirn auf die Nase, dann auf den grauen Linoleumboden neben seinem Bett. Das Handtuch gibt es in dem Ferienhaus am Balaton immer noch, es ist der Aufwischlappen meiner Mutter, oder wir legen es auf den Boden, wenn es bei Gewitter vom Dach hereinregnet, das Wappen der Moskauer Olympiade ist darauf.

Großvater war ans Bett gefesselt, und das mochte er nicht. Tagsüber lag er im Wohnzimmer, auf dem ausziehbaren Sessel. Er war feuerrot. Sein Kopf tat ihm fürchterlich weh, jemand steckte für ihn ständig eine VHS-Kassette in den Orion-Videorekorder. *Der weiße Hai* und *Das Boot* waren seine beiden Lieblingsfilme. Es waren unsere letzten gemeinsamen Ferien. Auf einen milden Winter folgte ein heißer Sommer. Nicht der Sonnenstich war schuld, es war das Stechen in seiner Lunge, und er hustete Blut. Er ging auf die Toilette, dann schauten wir uns weiter den Film an. Ich setzte mich auf den Bettrand und fürchtete mich. Er schaute so konzentriert, dass er nicht einmal Zeit zum Trösten fand, es hätte ihn vollkommen aus der Geschichte mit dem Hai herausgerissen. Horrorfilm, damals hörte ich dieses Wort zum ersten Mal, eine Gattung, mit der ich niemals warm wurde, auch wenn die Angst verging. Es waren übersprochene, kopierte Kassetten. Ausschließlich Westfilme, amerikanisches Kino, sagte mein Großvater stolz.

Der weiße Hai wurde in dem Jahr gedreht, als ich geboren wurde, auf der Insel Martha's Vineyard, an der Küste des Atlantik. Wir besorgten ihn uns zwölf Jahre später. Als *Das Boot* bei uns in Umlauf kam, wusste Großvater schon, dass er krank war. Er versprach, wir führen einmal ans Meer. Wir würden ein Schiff mieten und uns die Wanderung der Wale anschauen. Gut, sagte ich. Warum nicht. Eigentlich interessierte mich die Welt der Meeressäuger nicht besonders, nur ihm zuliebe, wenn er denn unbedingt wollte. Er war ein leidenschaftlicher Anhänger der Evolutionstheorie. Er glaubte an Christus und an Darwin. Das Meer sei im Westen, ebenso wie Amerika, fügte er hinzu. Da könne man nicht einfach so hinreisen. Wenn es uns aber einmal gelänge, kämen wir vielleicht nie wieder zurück. Ich war begeistert von der Idee, konnte es kaum erwarten loszufahren und hatte keine Ahnung, dass Großvater log. Ich hasste die Schwimmwettkämpfe und meine Schule. Ich hasste die Plattenbausiedlung, in der wir lebten, diese öde Betonstadt, die eintönigen Tage, die Sehnsucht nach etwas anderem. Die Dämonen, die in meinem Kopf hausten, hasste ich ganz besonders. Gerne hätte ich mein Leben gegen ein anderes eingetauscht, und wenn in Amerika, dann eben dort. Dann überlegte ich es mir aber. Ich will nicht weggehen, sagte ich zu Großvater, hier wird es auch gut werden für uns. Wir schnappten uns die Bastmatte und gingen auf dem lehmigen Pfad durch den Pappelwald zum Schilf, wie wir es an heißen Augusttagen immer machten. Großvaters Tod war eine fürchterliche Enttäuschung: Demnach würde ich hier versauern.

Für mich war das Meer nie schön. Ich war gerade vierzehn Jahre alt geworden, als wir mit Omi das erste Mal nach Bulgarien fuhren, zwei Jahre nachdem Großvater gestorben war. Die Datsche am Balaton stand den ganzen Sommer leer. Das Unkraut überwucherte den Gartenweg aus Klinker, und in den Zimmern nisteten sich in den Spalten hinter den Türrahmen Wespen ein. Eine Woche lang aßen wir Konserven, im Gegenzug flogen wir nach Varna, und unser einziger Trost war, dass wir den Sandstrand entlanglaufen konnten. Das Wasser war im Vergleich zum glitzernden Balaton furchtbar salzig und grau, die Quallen brannten. Dann sah ich das Meer jahrelang nicht. Es machte mir nichts aus, denn die Ferien in Bulgarien hatten sich mir eingebrannt, Großvaters Fehlen spürte ich bis ins Mark.

Ich bin fünfundvierzig Jahre alt, als wir ein halbes Jahr am Ozean, in Kalifornien, wohnen. Kaum sind wir angekommen, melden wir uns zu einer Walbeobachtung auf dem offenen Meer an, um die Tiere im Golf von Mexiko zu sehen. Die Wanderung von riesigen Blau- und Grauwalen auf ihrem Weg nach Alaska. Auch See-Elefanten und Seeotter begleiten eine Weile unser Schiff. Mehrere der Passagiere erbrechen sich während der Fahrt. Möwen und Kor-

morane schwimmen neben uns her. Wir entdecken die
Wale, acht nacheinander, so viele kann ich zählen, das letzte Exemplar bemerken wir in der Nähe der Bucht. Unter
uns sind vermutlich Tigerhaie auf Beutefang. Zwischen
den gelben Algen des Ozeans leben tausend verschiedene
Arten, die man nur in den großen Aquarien in Kalifornien
und auf Hawaii beobachten kann. Jetzt mag ich das Meer
schon, die überwältigenden Geheimnisse des endlosen
Ozeans. Den stillen Ozean.

*

Mein Großvater erzählte immer von zwei Onkel Lacis.
Ständig verwechselte ich sie, wenn er von ihnen sprach,
manchmal erwähnte er sie gänzlich unerwartet, gewisser-
maßen aus dem Nichts. Heute verschwimmt, über wen er
was gesagt hat. Der Onkel Laci so und so, und wegen diesem und jenem. Für mich gab es zwischen ihnen keinen
Unterschied, dabei hätte es den durchaus geben können.
Doch für mich sind beide in meiner Erinnerung kräftige
Männer mit breitem Brustkorb und dünnen Beinen. Onkel
Laci war Großvaters älterer Bruder. Nach dem Zweiten
Weltkrieg kehrte er aus Berlin, wo er Sekretär an der Botschaft gewesen war, nicht nach Hause zurück. Er ließ sich
in Graz nieder. Er war katholischer Pfarrer gewesen, bat
aber um seine Befreiung aus dem Amt und trat aus der
Kirche aus. Was hätte ein ehemaliger Pfarrer in Ungarn zu

suchen gehabt? Die Heimatliebe spielte keine Rolle, dabei konnte Onkel Laci solche Sachen noch sagen. Wie Heimatliebe. Aber wenn ein schwarzes Auto bei jemandem vor dem Tor hielte, nähmen sie den mit. Wer freikäme, der sei auch sicher verprügelt worden.

Mein Großvater behandelte viele Patienten, die sich nicht wegen eines Schnupfens an ihn gewandt hatten. Er benutzte Wörter, die wir nicht verstanden. Mit Eisenstangen haben sie ihn geschlagen. Dreckige Scheißwichser. Verdammtes Regime. Er hatte die Hauptstadt unter anderem wegen der Forderungen an ihn und der Folterungen verlassen und war deshalb Arzt in der Provinz geworden. Mit ein bisschen Glück hatte er dies alles zurückgelassen und war weit genug weggerannt. Sei ruhig, mein Kind!, sagte er oft. Kusch! Halt den Mund! Sein Bruder hat keine Geschichte. Ich besitze nur Fragmente von Bildern, auch vom Eisernen Vorhang.

Der andere Onkel Laci arbeitete im Schlachthof. Er und seine Familie waren Juden. Es waren die Nachbarn meiner Großeltern am Balaton, mit denen mein Großvater stundenlang Schach und Ulti spielte. Onkel Laci zog sich aus den geselligen Zusammenkünften zurück, indem er den ganzen Sommer jeden Abend angeln ging. Im Winter schnitt er sogar ein Eisloch in den gefrorenen See. Mehrere Weihnachten verbrachte er in Kiliti, in der Nähe der Gleise. Dort stand ihr Haus, er schlief hinten, in einem winterfest gemachten Wohnwagen. Mit dunkelblauer Mütze und in seiner grauen, fleckigen Fufaika saß er bei den Ufersteinen. Auf einem grünen Anglerstuhl von der Armee, den er beim Tauschhandel von den Russen erhalten hatte. Für Kaffee oder Pálinka bekam man nahezu alles. In der Garage lagen Gasmasken und ein Gewehr. Granaten. Die Fufaikas gab es in Budapest in der Unterführung am Örs-vezér-Platz fast geschenkt. Diese wattierten Jacken waren aus einem warmen Stoff wie Steppdecken genäht, für die kalten, nebligfeuchten Nächte von Siófok waren sie genau richtig. Bevor Onkel Laci und seine Frau ihr Haus gebaut hatten, verbrachten sie ihre Ferien in dem Militärwohnwagen. Sie verkauften unter der Hand Fleisch, Schwein und Rind, was nachgefragt wurde. Viele Sportler hatten Häuser in der Gegend, auch Journalisten, und mein Großvater konnte es sich von dem Dankesgeld, das er als Arzt bekam, erlauben. Fleisch essen, du musst Fleisch essen, damit du am Leben bleibst, Räucherwurst, Salami, Speck, Bratwurst, Rippchen. Unter der Woche aßen wir kein Fleisch, nur samstags und sonntags, montags manchmal die Reste. Klausenburger Krautauflauf, das kochte meine Großmutter. Und Gulasch mit Salzgurken. Wir bekamen immer gutes Fleisch. Wenn Onkel Laci einen Fang machte, gab er uns sogar Fisch.

Wir Kinder sammelten, wenn es geregnet hatte, Regenwürmer. Wir liefen den lehmigen Pfad im Pappelwald entlang und zogen sie unter den Büschen hervor. Sie krochen durch die Pfützen. Wir lasen sie für Onkel Laci auf. Mit den Händen sammelten wir die riesigen, dicken Würmer mit ihren geringelten Körpern. Dann steckten wir sie in ein Einmachglas und bohrten mit dem Taschenmesser Löcher in den Blechdeckel, damit sie nicht erstickten. Bei Einbruch der Dunkelheit begleiteten wir Onkel Laci ans Ufer. In einer seiner eingedellten, aus Metall zurechtgebastelten und mit Isolierband umwickelten Werkzeugkisten befanden sich seine Regenwürmer und andere Würmer in den verschiedensten Farben, grün, rosa, gelb und braun. Die Köderfische und das Brot gemischt mit Mais und Paprika. Nach dem Auspacken fütterte Onkel Laci an. Er holte aus und warf den Haken mit dem Köder so weit in den See, wie es nötig war. Je nachdem, auf was er ging. Es konnten drei, zehn, aber auch fünfzehn Meter sein. Danach keuchte er, trank schnell einen Pálinka und setzte sich auf seinen Anglerstuhl. Ziemlich hungrig warteten wir darauf, auch als es schon dunkel war, dass einer anbiss. Wenn sich Onkel Laci mit dem Stuhl wegdrehte, den er an den Steinen wegen der Wellen ständig verrücken musste, aßen wir die restlichen zusammengekneteten Brotklößchen auf. Mit Genuss kauten wir das salzige, mit Paprika vermengte Brot. Er hatte die Kugeln aus Brot, Mehl und Paprikapulver geknetet, und sie schmeckten nach Fisch.

Wenn Onkel Laci einen Wels fing, umringten wir ihn. Er erstarrte dann immer für einen Augenblick. Sagte laut, wir sollten noch warten, jetzt sei Geduld gefragt. Wir konnten vor Aufregung das Lachen kaum zurückhalten. Haltet die Klappe, wer nicht still sein kann, den scheuch ich weg. Er zitterte. Dann riss er an seiner Angel, die Schnur spannte sich. Den Fisch steckte er in einen Kescher. Der Wels wand sich natürlich wie wild. Onkel Laci röchelte. Er spuckte, und noch einmal. Er murrte, wie viel Arbeit er mit diesem Biest hätte. Wir sahen, dass seine Spucke blutig war. Rotwein und Blut, und Eiter. Er leuchtete mit seiner Taschenlampe darauf. Verschmierte die Spucke mit dem Gummistiefel. Dann machte er weiter, als wäre nichts geschehen. Er schlug dem Wels auf den Kopf, so blieb er auf dem Weg ruhig im Kescher liegen. Als er die Angel erneut auswarf, schwankte Onkel Laci schon. Er knipste die Bissanzeiger an die Anglerschnur, dabei kippte er fast nach hinten auf seine Ausrüstung. Ihm musste ordentlich schwindlig geworden sein. Ich muss pinkeln, sagte er. Er schnappte sich den Kescher samt Fisch, knallte ihn gegen die Ufersteine und grummelte, nur wer so eine Tätowierung wie ich auf dem Arm hat, der kann hier die Klappe aufreißen. In solchen Momenten erstarrten wir. Er schlug sich in die Büsche. Wir wussten von Onkel Lacis Tätowierung, weil mein Großvater uns erzählt hatte, dass er im Lager gewesen sei.

Wenn er sich betrank, zeigte er seinen Arm immer herum, er streichelte und bespuckte ihn. Dieses Mal nicht. Er ging nach hinten und stellte sich vor die Sträucher am Waldrand, wo auch das Schilf begann. Drei Minuten pinkelte er. Es kam uns wie Stunden vor, so aufgeregt waren wir. Wir konnten den nächsten Anbiss kaum erwarten. Er schüttelte sein Ding, steckte es zurück in die Hose, vergaß aber, den Hosenstall zuzumachen. Nie wieder gab ich dem Onkel Laci die Hand. Sein Lieblingsspiel war, dass er uns fest auf den Kopf klopfte und lachend sagte, Kopfnuss. Danach musste man seine Hand abklatschen. Auch den Mädchen gab er Kopfnüsse, mit der Faust. Mir machte das nichts aus, ich war es gewohnt, dass die Erwachsenen mich so begrüßten. Wir Kinder waren ganz verrückt nach Onkel Laci. Nur sollte er nie wieder meine Hand anfassen …

Er ließ den Kescher mit dem Wels ins Wasser und band ihn an einem Stein fest. Wer es sich verdient hatte, der durfte manchmal nachschauen, ob der Fisch noch lebte. Alle Viertelstunde hob derjenige ihn heraus, und wir anderen kreischten. Onkel Laci scherte sich nicht darum. Wenn er genug getrunken hatte, war es ihm egal.

Mit den Jahren wurde er immer gröber. In einem der nächsten Sommer wurde sein Enkel geboren. Er kam mit einer Gehirnblutung zur Welt, und Onkel Laci nannte ihn unser Gagakind. Manchmal hörte ich aus ihrem Garten ein Heulen und stundenlanges Wimmern, nie durften wir in den Kinderwagen schauen. Sie schoben das Baby mit einer weißen Stoffwindel verdeckt durch die Straßen von Kiliti, möglichst nachts, damit sie keine Bekannten trafen.

Als wäre der Wagen sein Sarg und als hätte das Baby gar kein Leben. Die Angelausflüge mit Onkel Laci blieben aus, außerdem wurde kurz nach der Wende das ganze Schilf gerodet. Im Winter darauf dann das Wäldchen. Schließlich wurde das Ufer betoniert. Es verschwanden die stummen Sternennächte, und auch die Welse schwammen nicht mehr an das südliche Ufer.

Der andere Onkel Laci lebte mit seiner Familie hinter dem Eisernen Vorhang, alle drei Jahre durften wir ihn besuchen. Sie konnten öfter nach Ungarn kommen. Er arbeitete bei Volkswagen, aus dem Theologen war ein Vertriebsberater geworden. Er sagte immer, die neuen Autos würden besser riechen als die Blech-Christusse.

Meine Großeltern waren gläubig, besonders Omi, von ihr hatte ich meine erste Bibel bekommen. Dass Onkel Laci katholischer Pfarrer gewesen war, hatte ich erst sehr viel später erfahren. Als Großvater gestorben war, erzählte es mir Omi im Zug. Auch den Eisernen Vorhang passierte ich dank Großvaters Tod. Opa war im April gestorben, und ein paar Monate später traf das Einladungsschreiben aus Graz ein, das Onkel Laci geschickt hatte, damit bekamen wir die Ausreisegenehmigung. Onkel Laci und seine Frau holten uns mit einem roten VW-Käfer ab, wir trafen uns in Kőszeg und überquerten die Grenze bei Rábafüzes. Erst nach einer gründlichen Kontrolle durften wir durch die Schranke. Häuser mit Blumen vor den Fenstern, kurz geschnittener grüner Rasen, das Heulen von Krankenwagen und Feuerwehrautos, Bagger bei der Arbeit, ein Heer von Bewässerungsanlagen-Monteuren am Straßenrand, das war für mich Österreich. Mähdrescher, der Weltbund der Ungarn, Autoschlossereien, glitzernde Autosalons. Onkel Laci zeigte uns überall seine Büros. Omi trug in seinem Haus die ganze Zeit Schwarz und klagte über Magenschmerzen. Sie aß nicht und erbrach sich immerzu. Abends weinte sie leise, im Traum redete sie ununterbrochen, wenn wir sie in die Seite stupsten, hörte sie für ein paar Minuten auf, doch dann fuhr sie fort.

Graz ist das Kanaan, schrieb ich Angéla auf einer Postkarte, meiner damals besten Freundin, mit der ich zusammen schwamm. Die angesagtesten Marken in der Hauptstraße, Schwimmanzüge, Brillen, Badekappen aus Gummi. Bis dahin war ich nur missmutigen Verkäufern begegnet. Hier lachten sie laut, und egal, was man haben wollte, sie holten es aus dem Lager, an nichts mangelte es. Davor war ich nur in der Tschechoslowakei gewesen, wo man mir einmal in einem Schuhgeschäft die Tür vor der Nase zugeschlagen und dabei meinen Fuß eingeklemmt hatte. Sofort waren wir in eine Apotheke gerannt, um Verbandszeug und Jod zu kaufen, wo wir dann eine Stunde anstehen mussten. Für neun Schilling bekam man drei Kugeln Eis. Mein Taschengeld, das mir meine Eltern mitgegeben hatten, betrug insgesamt zweihundert Schilling. Im Sportgeschäft kam ich aus dem Staunen nicht heraus, Hunderte von Speedo- und Arena-Schwimmanzügen hingen dort, von meinem restlichen Geld kaufte ich mir einen Badeanzug und eine große Tafel Schokolade.

Beide Reisen, die ich als Jugendliche unternahm, hatte ich dem Tod meines Großvaters zu verdanken. Während er immer nur an den Balaton fahren wollte und ihn nichts anderes interessierte, nur die Planken des Stegs und der sommerliche Duft der ausgerollten Bastmatte. Das Steuer seines Wartburgs umklammernd, brüllte er genervt von Gödöllő bis Aliga. Als das Kühlwasser auf dem Anstieg bei Érd überkochte, saßen wir stundenlang am Straßenrand, auf einer Juniwiese mit Klatschmohn.

Es ist Sommer, der Klatschmohn blüht. Die Familie fährt an den Balaton, und auch dorthin schleppst du deinen schlafraubenden Dämon mit. Er klappert und lärmt am frühen Morgen. Du wachst auf und starrst an die Decke, weil er dir nachts gegen den Schädel gehämmert hat. Von innen hat er dir Nadeln in die Augäpfel gebohrt. Hat gepocht, immer stärker. Er ist es, der Dämon, wieder ist er hier hinter deinen Linsen. Jahrelang. Bis du schließlich im Abiturjahr den Balaton zwischen Révfülöp und Balatonboglár durchschwimmst. Seit Jahren bist du keinen Wettkampf mehr geschwommen. Du kommst ins Ziel, hast das Gefühl, deine Lunge sei voller Wasser, weil du viel davon geschluckt hast, du trinkst die Wellen fast, beißt in sie hinein. Der Sommer ist heiß, der Beton dampft. In der Mitte des Balaton eine starke Strömung und Wellengang. Du bist unter den ersten zehn, dein Name wird durchgesagt, du bekommst einen Sticker und ein T-Shirt. Eine Stunde fünfundzwanzig Minuten, nach nur ein paar Tagen Vorbereitung. Der Körper vergisst nicht. Todmüde legst du dich wieder ins Bett. In der Nacht weckt dich das Zirpen der Grillen. Dein Speichel ist auf das Kissen geflossen, er riecht nach Aal. Du schaffst es, bis zum frühen Morgen zu schlafen.

Ich bin Kind, zwölf Jahre alt. Ich stapfe im Dunkeln in die Küche hinaus. Lasse Wasser in meinen mit Stickern beklebten Plastikbecher fließen. Schleppe mich zurück ins Bett. Plötzlich drehe ich mich doch um: Mein Großvater liest mit der Taschenlampe in der Hand auf der Terrasse. Warum machst du kein Licht, frage ich ihn. Die verdammten Mücken, sagt er. Auf dem Tisch liegen Röntgenbilder. Schwarz-weiß. Mit grauen Flecken. Großvater kann nicht schlafen. Schnell schiebt er die Bilder beiseite. Als er sieht, dass ich barfuß in mein Zimmer zurückgehe, zieht er sie wieder hervor. Unter meinen Füßen knirscht es, meine Sohlen patschen auf den Boden, ich habe keine Fragen mehr, lasse ihn allein. Tue so, als wüsste ich es nicht. Großvater hat einen Dämon. Auf seiner Lunge wurden Flecken gefunden. Im Dunkeln und im Geheimen. Eine eitrige, hässliche Sache. Ich verstehe kein Wort, für mich lebt der

Krebs im Bach. Oder tief im Meer, auf seinem Grund. Zwischen den Korallen. Auf Felsen, unter Seesternen, bei den Quallen. Das ist sein evolutionäres Umfeld. Krebs?! Omi schreit ihn an, das überlebt niemand. Auch ich höre es, so laut schreit sie. Sie schreit mit dem Großvater in seiner eigenen Praxis.

Und Omi schrie auch in der Datsche weiter. Geier, Schakale schreien so, manchmal auch die Katzen in der Nacht. Die Wale singen, der Kormoran gurgelt, die Fledermaus zwitschert. Wir werden schönes Wetter haben, sagte mein Großvater. Er zog sein Hemd an, nahm einen Schluck von seinem übersüßten Milchkaffee. Tunkte ein Stück Hefezopf hinein. Steckte es sich schnell in den Mund und schluckte es hinunter. Kerngesund. Siehst du? Hier gibt es nichts Spannendes.

Dann ging er mit einem Buch in der Hand zum Steg. Wenn so ein Sommer ist, kann niemand sterben. Die Möwe kreiste am Himmel, die Sonne machte sich auf ihren Weg, die Krähen ließen sich auf den Bäumen nieder. Im Wald hausten viele Eichhörnchen. Nattern, Frösche. Bei Sonnenaufgang auf den Steg hinauszugehen, es gibt nichts Unbeschwerteres. Die sich erhitzenden Planken. Onkel Laci packte gerade seine nächtliche Ausrüstung zusammen. Sie rauchten eine Zigarette. Mein Großvater versprach ihm, seiner Frau am Abend die Spritze zu geben.

Ich lege mich zurück, ziehe mir aber Socken an, da es frühmorgens meist frisch ist. Die Flecken sind Krebse? Dreckige, mistige, beschissene kleine Krebse. Ich bin im Halbschlaf, höre Geräusche, Omi brät ein Omelett. Ich gehe wieder auf die Terrasse hinaus, um Großvater etwas zu sagen. Vielleicht ist er schon zurück oder gar nicht weggegangen. Er hat die Bilder auf dem Küchentisch liegen gelassen. Vergessen, sie ins Zimmer zu bringen. Ist das schon der Krebs? Ich nehme den gelben Umschlag vom Krankenhaus. Damit nicht jeder hineinschauen kann, lege ich ihn lieber in die Schublade mit den Medikamenten.

Großvater war zum Mittagessen nach Hause gekommen, und ich hörte, bevor er sich zum Mittagsschlaf hinlegte, wie er fluchte. Wer verflixt und zugenäht war an meinen ärztlichen Unterlagen? Wenn er erfahre, wer das war, erschlage er den.

Wir aßen in Grabesstille zu Mittag, zum Abendessen briet Omi Arme Ritter, wir aßen sie mit roten Zwiebeln. Wir verschlangen alles, hungrig vom Quälen der vielen Egel und Regenwürmer.